KB215117

베르톨트 브레히트(Bertolt Brecht, 1898 - 1956)는 20세기에 활동한 독일의 극작가, 시인, 그리고 연출가다. 주로 사회주의적인 작품을 연출했으며, 소격효과라는 개념을 연극 연출에 사용한 것으로 유명하다. 독일 바이에른 주에서 태어나 의학을 공부했으며, 제1차 세계대전 동안은 뮌헨에 있는 병원에서 잠시 위생병으로 근무했다. 1928년 연극 『서푼짜리 오페라』로 유명한 작가가 되었는데, 무려 100회가 넘는 공연이 베를린에서 있었다. 마르크스주의를 받아들인 브레히트는 부르주아의 탐욕을 드러내는 극본과 사회주의 소설 『서푼짜리 소설』을 집필했다. 1933년 극우 정당인 나치의 집권과 나치가 좌파 탄압을 위해 날조한 사건인 독일 국회의사당 방화사건으로 미국에 망명했다. 하지만 미국에서도 1947년 12월 극단적인 반공주의를 뜻하는 매카시즘 때문에 독일민주공화국(동독)으로 이주해야 했다. 당시 많은 동료 좌파 작가들이 독일연방공화국(서독)을 택했지만, 그는 동독을 택했다. 하지만 관료주의에 물들어 있던 동독 공산당(SED) 간부들에 대한 풍자시를 쓰기도 했으며, 정부가 인민을 버렸다면서 1953년 동독 노동자 봉기 진압을 비판하기도 했다. 1956년 8월 지병인 심장병으로 숨을 거두었다. 브레히트의 주요 시 작품으로는 『살아남은 자의 슬픔』, 『1492년』 등이 있다.

옮긴이 이승진(李承眞)은 한국외국어대학교 독일어과와 동대학원 석사과정을 졸업하고, 독일 칼스루에 대학에서 브레히트의 시집 『도시인을 위한 독본』에 대한 연구로 문학박사 학위를 취득했으며, 현재 원광대학교 인문대학 유럽문화학부 교수로 재직 중이다. 『브레히트의 연극세계』(공저) 등 브레히트와 관련된 다수의 저서·역서·논문들을 발표했다.

전 쟁 교 본

베르톨트 브레히트 시집
이승진 옮김

초판 1쇄 발행일 —— 2011년 1월 20일

발행인 —— 이규상

편집인 —— 안미숙

발행처 —— 눈빛출판사

　　　　　서울시 마포구 상암동 1653 이안상암 2단지 506호

　　　　　전화 336-2167 팩스 324-8273

등록번호 —— 제1-839호

등록일 —— 1988년 11월 16일

편집 —— 성윤미·김아람

출력 —— 디티피 하우스

출력·인쇄 —— 예림인쇄

제책 —— 일광문화사

값 25,000원

Copyright ⓒ 1955 by Bertolt Brecht

Korean Edition ⓒ 2011 by Lee Seung-Jin

Published by Noonbit Publishing Co., Seoul, Korea

www.noonbit.co.kr

ISBN 978-89-7409-945-9

KRIEGSFIBEL

전 쟁 교 본

베르톨트 브레히트 시집

이 승 진 옮김

눈빛

KRIEGSFIBEL · BERTOLT BRECHT
Zweitausendeins Frankfurt am Main

이제 우리의 노동자들은 민중이 소유하고 있는 공장에서, 농부들은 집단농장에서 일하게 되었으며, 지식인들은 새로운 건설에 매진하고 있습니다. 또한 우리의 젊은이들은 행복의 첫 배급품들을 즐기고 있습니다. 그런데 무엇 때문에, 하필이면 지금 이들에게 지나간 시절의 이 어두운 사진들을 보여주려는 것일까요?

과거를 잊는 사람은 그 과거로부터 벗어나지 못합니다. 이 책은 사진을 해독하는 기술을 가르치려 합니다. 그 이유는 훈련받지 못한 사람들에게는 사진 해독이 상형문자를 해독하는 것과 마찬가지로 어렵기 때문입니다. 자본주의가 세심하면서도 야비한 방법으로 유지시키고 있는 사회의 연관관계에 대해 사람들은 너무도 모르고 있습니다. 그리고 이러한 무지로 인해 잡지에 실리는 수천 장의 사진은 그야말로 상형문자로 그려진 그림들이 되어 아무것도 모르는 독자들에게는 해독 불가능한 것이 되고 있습니다.

루트 베를라우

1 (*이 숫자는 페이지 번호가 아니라 시의 번호임.)

그 길은 우리의 숙명
자면서도 나는 그 길을 찾을 수 있다네. 제군들도 같이 가겠는가?

잠결에 이미 그 길을 달려 보았던 사람처럼
난 그 길을 알고 있네, 파멸로 통한 그 좁은 길을
그 길은 우리의 숙명
자면서도 나는 그 길을 찾을 수 있다네. 제군들도 같이 가겠는가?

스페인 1936

스페인 1936

스페인 해변, 물 밖으로 나와
돌투성이 바닷가로 올라서면, 여인들은 자주
보게 된다네. 팔과 가슴에서 묻어나는 검은 기름을
가라앉은 선박들의 마지막 흔적을.

"전쟁의 승자 후안 야구에 장군이 바르셀로나의 카탈루냐 광장에서 노천미사를 드리고 있다. 무릎 꿇고 있는 장군의 뒤에는 그가 앉을 옥좌가 마련되어 있다. 뒤 배경에 콜롱 호텔이, 장군 뒤에는 마틴 아론소, 바론, 베가 장군 등이 보인다."

he conqueror, General Juan Yagüe, kneels before his ·one-chair at an open-air mass in Barcelona's Plaza de Catalunya. In background is the Hotel Colon, whose tower is seen again in the picture below, at lower right. Behind Yagüe are Generals Martín Alonso, Barrón, Vega. Ya-·nd Solchaga moved off to chase Loyalists to the bor-

폴란드 침공

만약 어떤 사람이 한 거대한 제국을
그것도 18일 만에 파괴했노라고 말하는 걸 듣는다면
당신들은 내게 묻겠지요. 그때 나는 어디 있었느냐고
나도 그 짓을 같이 했답니다. 그러다 7일 만에 죽었지요.

지구 북단에서도 치솟는 화염
전투의 굉음은 조용한 바닷가로도 밀려들었다
"이보시오 어부 양반, 당신네를 죽이려 이곳에 왔던 사람이 누구요?"
"캄캄한 밤의 보호를 받으며 나타난 '보호자들'이었지요."

여기 카테갓 해협에 팔천 명이 누워 있소
가축수송선에 실려 이 밑으로 끌려왔던 것이오
어부들이여, 당신들이 쳐놓은 그물에 고기가 많이 잡히거든
우리를 생각해서 한 마리라도 놓아 주구려.

네덜란드·벨기에·프랑스 침공

"알베르트 운하 전선을 공격하기 위해 기차 밑에서 나타난 이 독일 침략군들은 젊고, 강인하고 잘 훈련되어 있었다. 총 240개 사단 병력이 투입되었다. 비행기와 탱크 없이는 침공이 불가능하다고 전 세계가 믿고 있었지만, 이들은 결정적인 지점에 화력을 집중시키는 낡은 전술로 침공에 성공하였다."

German assault troops, here emerging from beneath railroad cars to attack the Albert Canal line, were young, tough and disciplined. In all, there were 240 divisions of them. But despite the world's idea that the conquest was merely by planes and tanks, it actually depended on the old-fashioned tactic of a superior mass of firepower at the decisive point.

나의 마지막 바람은 그가 뒈지는 것
너희도 들었겠지, 그가 철천지원수라는 걸. 그건 사실이야
난 그런 말을 해도 돼. 내가 지금 어디 있는지
아는 건 오직 르와르강과 한 마리 귀뚜라미뿐이거든.

점령지 파리

"파리에 벌써 봄이 찾아왔다. 이 사진에서 우리는 봄을 상징하는 한 전형적인 모습을 볼 수 있
다. 센 강둑에서 진지하게 낚시하는 사람들이 보이기 시작한 것이다. 올해에는 그 어느 해보다
낚시꾼이 많을 것이다. 그것은 굶주림의 결과이다."

Våren har redan anlänt till Paris och här ovan ses ett av de mest typiska vårtecknen, fisket från kajerna vid Seinen har kommit i gång pa allvar --- och i år är fiskarnas antal kanske större än någonsin, står i direkt proportion till matbristen.

우리의 휘황찬란한 도시 한복판에서
이곳으로 숨어든 작은 물고기 한 마리를 정복하기 위해

"독일인들은 이 프랑스인에게 '친절'했다. 그들은 그가 총살당하기 전에 그의 눈을 가려 주었다."

The Germans were "kind" to this Frenchman. They blindfolded him before he was shot.

"리옹 포이히트방거(카메라를 정면으로 바라보고 있는 사람)가 지겔호프 강제수용소의 철조망 뒤에 서 있다. 지금까지 공개되지 않았던 이 사진은 그가 프랑스를 탈출할 때 숨겨 갖고 나온 것이다."

LION FEUCHTWANGER (facing camera) behind the barbed wire in the brickyard concentration camp. This hitherto unpublished picture was smuggled out of France by Mr. Feuchtwanger.

페탱과 라발. 비시 정부의 수반들, 조국을 배반한 나치 협력자들

어느 독일 폭격기 승무원들

어느 독일 폭격기 승무원들

오 그대, 자식 걱정에 애태우는 여인이여!
우린 당신이 사는 도시 위로 날아온 사람들이오
우리에겐 당신과 당신의 아이들이 목표였소
왜냐고 당신이 묻는다면, 알아주오, 두려움 때문이었다는 걸.

그 도시의 오늘. 런던의 중심가는 공중전이 진행되면서 폐허의 모습을 띠게 되었다. 이 사진은 세인트 폴 대성당에서 찍은 것이다.

City av i dag

De centrala delarna av London ha under luftkrigets förlopp i mycket antagit karaktären av ruinkvarter. Denna vy över City är tagen från St Pauls-katedralen.

이러한 몰골을 하게 되었네. 단지 그놈들 몇몇이
음흉스레 내 계획엔 없던 방향으로 비행했기에

"영국에서 두 번째로 큰 리버풀 항구는 잘 알려진 것처럼 여러 번 독일군 공습의 표적이 되어 수 많은 폭탄세례를 받아야 했다. 여기 이 사진은 항구의 모습을 적나라하게 보여준다. 뒤편의 연기 는 조금 전 독일 폭격기가 항구의 시설물들을 방문했었다는 사실을 알려 준다."

amnen i Liverpool, Englands näststörsta, har som bekant varit föremål för flera tyska bombräder och
rvid blivit utsatt för många träffar. Här se vi en vacker bild från hamnen och eldsvådorna i bakgrun-
den utvisa, att hamnanläggningarna nyligen haft känning av de tyska bomberna.

"명중이다! 관측병이 폭탄 투하가 성공한 것에 기뻐하고 있다."

"명중이다! 관측병이 폭탄 투하가 성공한 것에 기뻐하고 있다."

„Die hat hingehauen!" Der Beobachter, der soeben die Abwurfvorrichtung ausgelöst hat, freut sich über den Erfolg seiner Bombenreihe

공습을 피해 지하철로 피신한 런던 시민들

공습을 피해 지하철로 피신한 런던 시민들

새로운 종류의 생업. 런던의 가난한 사람들은 폭격으로 인해 새로운 일자리를 얻었다. 공습 동안 대피소로 쓰이는 지하철 입구에 어린 남녀 아이들이 모여 있다.

Ny födkrok

De fattiga i London ha genom bombräderna fått en ny födkrok. Ungdomar av båda könen samlas kring nedgångarna till den underjordiska järnvägens stationer — som bekant anlitade som skyddsrum under bombardemangen. Dels ha de „hamstrat" plats där nere, dels hyra de sängkläder åt hågade spekulanter och ställa de „hamstrade" skyddsrumsplatserna till förfogande då alarmet går. Här ses en samling ungdomar med täcken och dynor i barnvagnar vilka anlitas som transportmedel.

21

그들이 이곳에 왔었다는 걸 연기가 말해 주네
화염의 아들들, 그러나 빛의 아들은 아니었네
그들은 어디에서 왔던가? 어둠으로부터
그리고 어디로 사라졌는가? 무(無)를 향해.

베를린 상공에 영국군 폭격기 나타나다. 늦여름 영국 공군은 함부르크, 브레멘 등의 산업 요충지와 군사적으로 중요한 독일의 대도시들을 폭격했다. 9월 10, 11일 저녁, 처음으로 베를린이 폭격당했다. 사진은 영국군의 공습에 속수무책으로 내맡겨졌던 베를린의 한 가옥을 보여주고 있다.

BRITTISKA BOMBER ÖVER BERLIN

Under sensommaren företog det brittiska flyget åtskilliga raider mot Hamburg, Bremen och andra större tyska städer av industriell eller militär betydelse. Över Berlin fällde britterna för första gången bomber under en nattlig raid den 10—11 september. Bilden visar ett hus i Berlin, som har utsatts för brittisk bombfällning.

부인, 더 이상 찾지 마십시오. 결코 그들을 찾지 못할 것입니다!
부인, 그렇다고 운명의 탓으로 돌리지도 마십시오!
부인, 당신을 괴롭혔던 그 어둠의 세력들
그들은 이름과 주소 그리고 얼굴을 갖고 있답니다.

"12월 10일, 히틀러는 베를린 근교의 한 군수공장에서 대연설을 했다. 사진은 제국 수상이자 독일군 총사령관인 히틀러가 연단 위에 서 있는 모습을 보여주고 있다. 히틀러의 왼쪽에는 독일노동전선 위원장 로버트 레이 박사와 제국 장관 괴벨스 박사가 서 있다."

Den 10 december höll Adolf Hitler ett av sina stora tal i en vapenfabrik i närheten av Berlin. Vår bild visar rikskanslern och högste befälhavaren för den tyska krigsmakten på talarpodiet. T. v. om Hitler ses ledaren för den tyska arbetsfronten dr Robert Ley och riksministern dr Goebbels.

보아라, 역사의 전환에 대해 이야기하는 그를
그가 너희들에게 약속하는 것은 사회주의이다
하지만 보아라, 그의 뒤엔 너희 손으로 만들어진
거대한 대포들이 말없이 너희들을 겨누고 있다.

노스케

나치스는 내 공로를 인정해 주었지, 그들이 들어서자
집과 연금을 내게 주었다네, 그들 나치스가.

여보게들, 난 피에 굶주린 사냥개였네, 스스로
그렇게 불렀다네, 민중의 아들인 내가.
나치스는 내 공로를 인정해 주었지, 그들이 들어서자
집과 연금을 내게 주었다네, 그들 나치스가.

괴링

(AP) Wirephoto from Signal Corps Radio

나는 장사판의 도살광대
강철의 헤르만, 사랑받는 싸움꾼
제국 원수, 도둑질하는 경찰
나와 악수한 사람은 손가락을 세어 보아야 할 걸.

괴벨스

나는 '박사'. 조작의 명수
너희들 세상이 된다 해도, 내겐 다 생각이 있지
그게 무에냐고? 직접 세계사를 쓰는 일이지
어쨌거나 내 거짓말을 사람들은 결코 믿지 않을 걸.

괴링과 괴벨스

"요제프, 너 내가 강도질한다고
떠들고 다닌다며" – "헤르만, 왜 하필이면 강도질이냐?
안 그래도 알아서 다 챙겨 줄텐데
설사 내가 그렇게 말한다 해도, 내 말을 누가 믿겠냐?"

오페라를 관람하는 괴링, 히틀러, 괴벨스
"나치의 세 거두 – 너희들의 종말은 바그너적일 것이다."

The Nazi Big Three—Their Ending Should Be Wagnerian.

오 백조의 노래! "결코 당신은 내게 물어볼 수 없소!"
오 순례자의 합창! 오 불 마술사의 재주!
오 텅 빈 위장에 울려 퍼지는 라인골드의 노래!
나는 그들을 바이로이트 공화국이라고 부르겠소.

페도르 폰 보크 원수. 61세, 프로이센 출신. 폴란드, 파리, 코카서스 북부지방을 정복하는 데 공을 세움.

후고 슈페를레 원수. 57세, 바이에른 농부의 아들. 스페인, 폴란드, 네덜란드, 프랑스, 영국과의 전투에서 공군부대를 지휘.

칼 폰 룬트슈테트 원수. 65세, 유명한 세당 돌파를 감행. 세당에 사령부를 두고 있음.

에르빈 롬멜 원수. 50세, 이집트 전선 독일 아프리카 군단 사령관. 과감하고 저돌적임.

하인츠 구데리안 장군. 56세, 프로이센 출신. 폴란드와 프랑스의 기갑전에서 빛나는 전과를 올림. 비행기를 타고 기갑사단을 지휘.

지그문트 리스트 원수. 62세, 바이에른 출신의 기동성이 뛰어난 거장. 폴란드와 프랑스를 단기간에 굴복시킴.

Field Marshal Fedor von Bock, 61 and a Prussian, helped conquer Poland, Paris and the North Caucasus.

Field Marshal Hugo Sperrle, 57, Bavarian brewer's son, commanded air corps in Spain, Poland, Lowlands, France, Battle of Britain.

Field Marshal Karl von Rundstedt, 66, planned and carried through famous break at Sedan, now has headquarters there.

Field Marshal Erwin Rommel, 50, is slashing, hard-hitting commander of the German Afrika Korps in Battle of Egypt.

General Heinz Guderian, 56, a Prussian, had brilliant tank successes in Poland and France, commanded panzer divisions from a plane.

Field Marshal Siegmund List, 62, steely Bavarian master of mobility, knifed through Poland and France.

이들 여섯은 모두 살인자들이다. "지당한 말씀이지요."
중얼중얼, 고갤 끄떡이며 건성으로 넘어가지 말아라
이들의 정체를 밝히는 값으로, 우린 이미
오십 개 도시와 한 세대를 치렀다.

기동화된 독일 교회

"가톨릭 신자들이 전하는 바에 의하면 현재 독일 가톨릭 교단은 약 38개소의 이동식 성당을 운영하고 있다고 한다. 작은 자동차에 조립된 이 제단은 교통이 불편한 지방에 투입되어 아무리 작은 마을이라도 모두 미사를 볼 수 있도록 고안되었다. 앞으로도 멀리 떨어진 군 주둔지에서 사용할 수 있도록 10개가 넘는 움직이는 성당이 더 만들어질 것이라고 한다. 대부분의 경우 신부들이 운전수 역할까지 겸하고 있다."

Motoriserade tyska kyrkor.

Den katolska kyrkan förfogar över 38 sådana.

Berlin, onsdag.

(FNB) Enligt meddelande av katolska kyrkliga kretsar förfogar den katolska kyrkan numera i Tyskland över 38 motoriserade kyrkor. Det rör sig om små på bilar monterade altaren, som kommit till användning i trafiksvaga trakter, så att man i varje liten by skall kunna få åhöra en gudstjänst. Man antager att ytterligare tio sådana rullande kyrkor skola byggas för att bl. a. komma till användning i de vitt skilda militärförläggningarna. I de flesta fall tjänstgöra prästerna själva som förare.

오 즐거운 사명, 신을 기동화하라!
진격 중인 히틀러를 신은 아직 뒤따르지 못했다
그래도 기대해 보아라, 전쟁에서 신이 지지 않기를
히틀러에게도 언젠가 휘발유가 바닥나지 않겠니.

카토비체의 산업공장

열 민족을 나는 군화발로 짓밟았다
그것도 모자라 내 민족까지도. 피에 젖은
군화의 흔적은 짓밟힌 땅을 물들였다
시르셰네스에서 루르 지방 뮐하임까지.

탁상공론으로 준비된 소련 침략

여보게 형제들, 여기 머나먼 코카서스에
러시아 농부의 총에 맞아
슈바벤 농부의 아들, 내가 묻혀 있네
그러나 내가 패배했던 것은 이미 훨씬 전 슈바벤에서였다네.

라플란트를 향한 돌격

라플란트를 향한 돌격

아프리카 원정
"'사막의 여우' 롬멜 원수가(사진 왼쪽) 때 이른 건배를 들 때만 해도 그의 아프리카 군단은 '무적'이었다."

en the "Fox of the Desert," German Field Marshal Erwin Rommel (left) drank this premature toast, his *Afrika Korps* was still "unbeatab

조국과 수백 명 융커들을 위하여!
독일의 검과 거기에서 나오는 이익을 위하여!
전장과 방공호 속의 독일 국민을 위하여!
우리 모두의 사이비 지도자를 위하여 건배!

"롬멜은 최근 리비아를 통해 도주하면서 전투에 패한 수많은 부하들을 버리고 떠났다. 사진 속의 독일군은 연합군의 공격을 막아내려 했다. 그러나 그의 시도는 결국 수포로 돌아갔다."

ut in his recent flight across Libya, Rommel left behind many of his battered forces. From Allied attack this German vainly dived for co

아프리카

아프리카

그대, 신의 아름다운 창조물을 갖겠다고
신발이 벗겨지도록 미친 듯 치고받는 저 신사분들
남을 착취하는 데에는 더 이골이 났다며
그대를 강간할 권리를 더 갖겠다고 저러는 저 신사분들.

처칠

나는 갱의 법칙을 알고 있다네. 난
별 탈 없이 식인종들과 지내왔고
그들은 고분고분 내 말을 잘 들어 왔네. 문화는
나보다 더 나은 보호자를 이곳에서 찾을 순 없을 것이네.

싱가포르 주둔 영국군 군수기지에 대한 일본군의 공습. 1941년 12월 8일, 일본과 미국 간의 전쟁이 미국의 군항 진주만에 대한 공습으로 시작되었다.

Singapore Lament

AP WIREPHOTO

한 미국인과 그가 죽인 일본인. 병장 윌리 웨이크맨은 설명했다. "서로 즐겁게 이야기를 나누고 있던 그 두 녀석을 발견했을 때 나는 좁은 길을 어슬렁거리며 내려가고 있었어요. 그들은 나를 보고 씽긋 웃었고 나도 그렇게 답했지요. 그러자 한 녀석이 권총을 꺼내들었고 나 역시 권총을 뽑아들었어요. 나는 그를 쐈어요. 영화에 나오는 그대로였어요."

An American and the Jap he killed. Pfc Wally Wakeman says: "I was walking down the trail when I saw two fellows talking. They grinned and I grinned. One pulled a gun. I pulled mine. I killed him. It was just like in the movies."

우리가 서로를 보았을 때 – 모든 일이 순식간이었어요 –
내가 미소 짓자 그들 역시 미소로 답했어요
처음엔 그렇게 우리 셋 다 미소 지었지요
그러자 한 녀석이 나를 겨누었고 나는 그를 쏘아 쓰러뜨렸어요.

편집자에게 보내는 사진

"담당자께

요즈음 유행하고 있는 정신착란증을 치유하기 위해 자연은 핀-업 채소를 생산해 주었습니다. 이렇게 잘생기고 부드러운 다리는 레뷰쇼에 등장하는 귀여운 여자의 다리처럼 보이지만, 실은 내 소유의 빅토리 농장에서 생산된 것입니다. 분명 다리가 둘인 홍당무인데, 물에 깨끗이 씻어 놓고 보니, 아주 매력적으로 보일 수도 있을 것이라는 생각이 들었습니다.

존 브레데릭, 필라델피아"

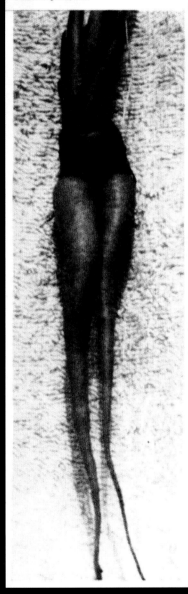

PICTURES TO THE EDITORS

(continued)

SEXY CARROT

Sirs:

　　Responding to the current craze, nature has produced a pin-up vegetable. These shapely, satiny legs don't belong to some miniature Petty girl, but came from my victory garden. It is actually a twin-rooted carrot. When it was washed and de-whiskered I thought it looked quite fetching.

　　　　JOHN BRETHERICK
Philadelphia, Pa.

하나라도 마음에 드는 것을 가질 수 있도록
이 홍당무 사진이 너희에게 제공되었다고 하는구나
이것이 바다 건너 정글 속 텐트에 너희를 잡아 놓을 테지!
죽은 자도 이런 사진을 보면 벌떡 일어난다는 소리도 들리는구나.

"태국(시암)의 여인네가 치앙마이의 급조된 방공호 속에서 미군의 폭격기를 올려다보고 있다.
이 폭격기들은 국경의 부락들을 폭격하기 위해 프랑스령 인도차이나에서 발진했다."

LIFE

Vol. 10, No. 11   March 17, 1941

WOMAN OF THAILAND (SIAM) PEERS OUT OF A CRUDE BOMB SHELTER IN SICHIENGMAI AT AMERICAN BOMBER FROM FRENCH INDO-CHINA COME TO BOMB BORDER HOVELS

"실명한 호주군 병사가 친절한 원주민의 부축을 받으며 파푸아 뉴기니 부나의 전선으로부터 돌아오고 있다. 두 사내는 모두 맨발이다."

내게 그 길었던 전투가 끝났을 때
한 사내가 나의 귀환길을 도와주었습니다. 그는 친절했어요
그의 침묵에서 나는 배웠습니다. 그가
이해는 못하더라도 결코 동정심마저 없진 않다는 것을.

"다 타 버린 일본군 탱크에 미군 병사들이 일본군 병사의 해골을 꽂아 놓았다. 시체의 다른 부분은 폭격에 의해 흔적도 없이 사라졌다."

A Japanese soldier's skull is propped up
on a burned-out Jap tank by U.S. troops.
Fire destroyed the rest of the corpse

오 정글 탱크에서 나온 불쌍한 요릭!
네 머리가 여기 탱크 꼭지에 꽂혀 있구나!
네가 타 죽은 것은 도메이 은행을 위한 것이었지.
그런데도 네 부모는 그 은행에 아직도 빚이 많구나.

"부나 근교에 일렬로 꽂혀 있는 엉성한 십자가들이 이곳이 미군 병사들의 묘지임을 말해 주고 있다. 매장 작업을 지휘하다 십자가에 벗어 놓은 한 장교의 장갑이 우연히 하늘을 가리키고 있다."

A LINE OF CRUDE CROSSES MARKS AMERICAN
GRAVES NEAR BUNA. A GRAVE REGISTRAR'S
GLOVE ACCIDENTALLY POINTS TOWARD THE SKY

교실 의자에 앉아 우린 들었습니다. 저 높은 곳엔
모든 부당함을 징벌하는 분이 계시다고. 그러기에 남을
죽이겠다고 일어섰을 때 우리는 천벌을 받았습니다
이제 우릴 저 높은 곳으로 보낸 사람들을 당신들이 벌할 차례입니다

"꼬마야, 우리가 하는 놀이는 거친 놀이란다, 난 이 놀이가 네 마음엔 들지 않기를 바란단다.' 양키 병사가 한 일본 아이를 대피시키고 있다."

"This is a rough game we're playing, little fellow, and you wouldn't like it."
The Yankee solider removes a Japanese baby to safety.

그들이 내보낸 전쟁터에서
적들의 어린 형제를 구해 우리에게 데려와라
병사여, 언젠가 그 아이가 네 아들과
이야기할지도 모르잖니, 이 전쟁이 어떻게 끝났는지를.

"한 미군 병사가 죽어가는 일본군 옆에 서 있다. 그는 이 일본인을 쏠 수밖에 없었다. 일본군이 상륙정에 숨어 미군 병사들에게 사격을 가했기 때문이다."

AN AMERICAN SOLDIER STANDS OVER A DYING JAP WHOM HE HAS JUST BEEN FORCED TO SHOOT. THE JAP HAD BEEN HIDING IN THE LANDING BARGE, SHOOTING AT U. S. TROOPS

한 해변이 붉은 피로 물들어져야 했다
일본, 미국, 그들 누구의 것도 아닌 해변이
그들은 말한다, 서로 죽이라고 강요받았다고
그래 나는 믿는다, 믿고 말고. 그러나 딱 하나 물어보자, 누구로부터?

피난처가 없는 피난민들. "사진 속의 유태인 어머니와 아이는 팔레스타인에서 피난처를 찾으려던 다른 180명과 함께 바다에서 인양되었다. 그러나 다른 200명은 그들을 싣고 왔던 살바토르호가 터키 해안에서 암초에 걸려 난파되었을 때 익사했다. 살바토르호가 첫번째 배가 아니었다. 패트리샤호는 갑판에 1,771명을 실은 채 폭발했으며, 펜초호는 500명의 승객을 실은 채 이탈리아의 한 섬에서 좌초했다. 페시빅호는 1,062명의 피난민을, 밀로느호는 710명을 태운 채 팔레스타인에서 강제로 다시 뱃머리를 돌려야 했다. 이 외에도 500명의 유태 오디세우스들은 넉 달 동안이나 이 항구 저 항구를 돌아다녀야 했다. – 이들은 바다 항해에는 적합하지 않은 작은 보트에 가축처럼 처박혀 전 유럽에서 찾아들고 있다. 유럽에 살던 이 700만 유태인들은 도대체 어디로 가야 한단 말인가? 팔레스타인으로 들어오는 이주자들은 연평균 12,000명에 달한다. 화물선과 가축수송선은 새로운 종류의 화물, 즉 신종 인간 밀수품을 실어 나르고 있다. 작년에만 26,000명이 '밀수입'되었다. 그러나 이 700만 명을 다 어떻게 해야 한다는 말인가? 아이는 자기 발을 장난감 삼아 놀 수 있을 것이며, 엄마의 팔에 안기면 집에서처럼 편안할 것이다. 그러나 아이는 모를 것이다, 아빠가 마르마라 해협에서 익사했다는 것을. 오직 아이의 엄마만이 해변을 눈앞에 두고 당한 이 안타까운 죽음을 알고 있을 뿐이다."

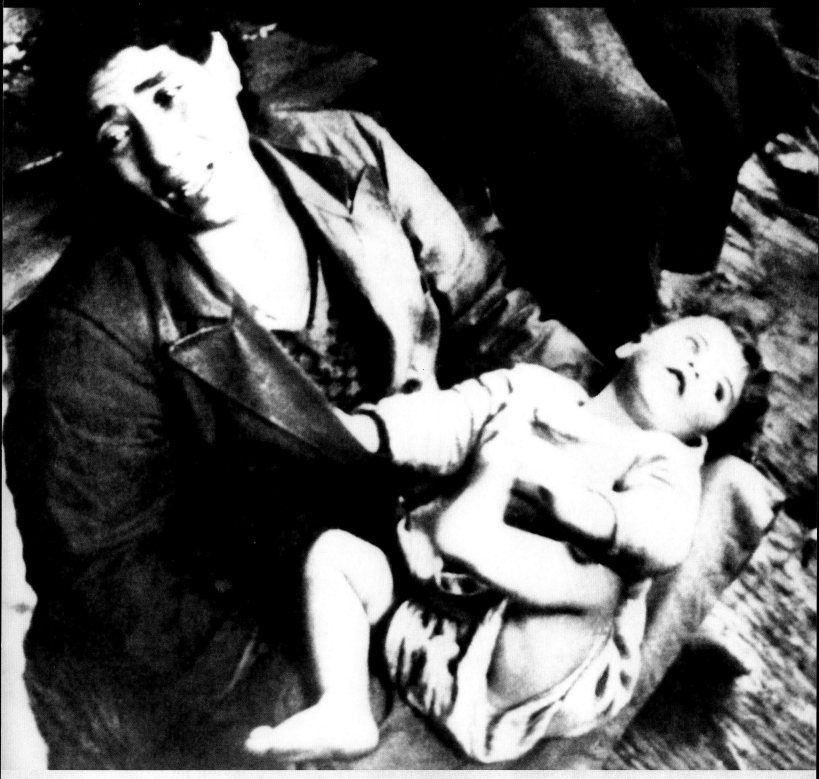

REFUGEES WITHOUT REFUGE: This Jewish mother and child were picked out of the sea, ong with 180 others who sought refuge in Palestine. But 200 were drowned when e *Salvator* smashed on the rocky coast of Turkey. And the *Salvator* wasn't the first. he *Patria* exploded with 1771 aboard. The *Pentcho* foundered on an isle off Italy ith 500. The *Pacific* was forced to sail from Palestine with 1062 and the *Milos* ith 710. Then there is the Odyssey of the 500 Jews on a ship for four months, shunted from port to port. They come from all over Europe, packed like cattle in unseaworthy vessels. Where can they go, these 7,000,000 European Jews? Palestine's quota is 12,000 a year. The freighters and cattleboats carry a new kind of cargo— a new kind of human bootleg. Last year 26,000 were smuggled into Palestine. But what of the 7,000,000? The baby can play with his foot—for he's home in his mother's arms. He doesn't know his father was drowned in the Sea of Marmora. Only his mother knows the double-death of drowning in sight of shore.

긴 밤이 지나고 첫 햇살이 찾아들었을 때
우리들 중 많은 이들이 해안을 눈앞에 두고 가라앉았다
우린 말했다, 그들이 알기만 했다면 도우러 왔을 것이라고
그들이 이미 알고 있었다는 걸 우리가 몰랐기에.

미군, 시실리 섬에 상륙
"'독일인들은 저쪽 길로 갔습죠', 시실리 섬의 한 농부가 미군 제1사단 소속 여단장 시어도어 루
스벨트에게 말하고 있다."

미군, 시실리 섬에 상륙
"'독일인들은 저쪽 길로 갔습죠', 시실리 섬의 한 농부가 미군 제1사단 소속 여단장 시어도어 루
스벨트에게 말하고 있다."

"The Germans went that way" says a Sicilian peasant to First Division's Brig. Gen. Theodore Roosevelt

CONTINUED ON NEXT PAGE 27

애석하게도 우리 주인 나리들은 두 편으로 갈렸었습죠
그런데 이젠 낯선 세 무리 군인나리들이 들어와 싸우고 있습죠
메마르고 돌투성이인 우리 농토에서 말입니다
그들은 우리를 적대시하는 데 있어서만은 의견이 일치합죠.

"복원된 일상생활 – 미군정청의 장교들이 이탈리아 시민들에게 미국산 밀을 팔고 있다."

"복원된 일상생활 – 미군정청의 장교들이 이탈리아 시민들에게 미국산 밀을 팔고 있다."

"Restoring the normal flow of life"—AMG officers sell American flour to Italian civilians.

"이탈리아의 볼투르노 강을 건너다 실명한 일본계 미군 소년병사가 고통을 참으며 캐롤라이나 주 찰스턴의 스타크–제너럴 병원 침대에 앉아 있다."

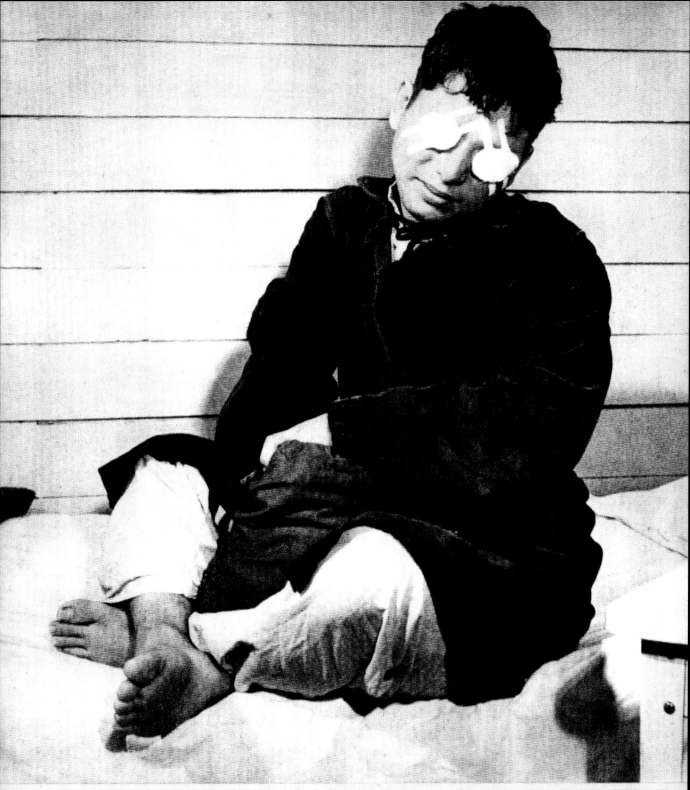

IN STARK GENERAL HOSPITAL, CHARLESTON, S. C., A YOUNG JAPANESE-AMERICAN BOY, BLINDED IN ITALY AT THE CROSSING OF THE VOLTURNO RIVER, SITS PATIENTLY IN BED

도시들도, 바다도, 반짝이는 별들도 이젠 볼 수 없어요

언젠가 맞게 될 내 색시도, 우리 아들도

맑은 하늘도, 어두운 하늘도

일본의 하늘도, 오리건의 하늘도 더 이상 볼 수 없어요.

"하루 하고도 반나절이나 계속된 진지공사에 녹초가 된 병사들이 밝은 대낮에 잠시 눈을 붙이는 모습이 『라이프』지 기자 조지 실크의 카메라에 잡혔다. 이들 중 몇몇은 깊은 참호를 파고 들어가 누웠으나 독일군의 폭격을 두려워하지 않는 다른 병사들은 땅바닥 위에 몸을 드러낸 채 곯아 떨어져 있다. 위쪽의 일부 사진에 보이는 흰색 줄은 간밤에 공병대가 지뢰를 제거하고 뚫어 놓은 통행로를 표시하고 있다."

Exhausted soldiers, who have spent a day and a half getting into position, are photographed by LIFE's George Silk as they snatch a brief nap in the sun. Some of them dig deep foxholes but others, who disregard German fire, sleep unprotected on the ground. White tapes seen in some of the pictures above mark passages through mine fields cleared by engineers in the night.

오물에 뒤덮여 누워 있는 여기 이들의 모습이 보이니?
아, 모두들 벌써 무덤 속에 누워 있는 것 같구나
그들은 자고 있을 뿐, 죽은 것은 아니다
그러나 자지 않는다고 해서 깨어 있는 것도 아닐 것이다.

1944년 6월 6일: 미군이 프랑스 북부 해안에 상륙하다.

우리가 붉은 모스크바 앞에 다다랐을 때
농촌과 공장에서 온 민중들이 우리 앞에 서 있었네
그리고 그들은 우리에게 모든 민중의 이름으로 승리를 거두었네
독일어를 쓰는 민중의 이름으로도.

"독일군 병사와 – 그의 러시아인 상대"

Associated Press

The New York Times

A German Landser—

—And his Russian counterpart

모스크바 야전병원에 누워 있는 실명한 독일군 병사

모스크바 야전병원에 누워 있는 실명한 독일군 병사

모스크바를 눈앞에 두고, 이 한심한 사람아, 자넨 시력을 헌납했구나
오 눈먼 인간이여, 이제는 알겠는가
사이비 지도자가 모스크바를 손에 넣지 못했다는 것을
그가 손에 넣었더라도 자넨 그것을 보지 못했을 것이네.

보아라 패배한 자들이 썼던 이 모자들을!
그러나 우리의 쓰라린 패배의 순간은
이 모자들이 마지막 벗겨져 땅 위를 굴렀던 때가 아니었어
우리가 그 모자들을 고분고분 머리 위에 썼을 때였어.

종말…
보병사단의 하사관 게오르그 크로이츠베르크는 이러한 자세로 러시아 군인들에 의해 오렐의 전쟁터에서 발견되었다. 그는 정신착란 증세를 보이고 있었다.

Das Ende...
Unteroffizier Georg Kreuzberg (86. I..D.) wurde von russischen Truppen auf dem Schlachtfeld von Orel in dieser Stellung angetroffen. Er ist geistesgestört.

사이비 지도자는 줄행랑치고
난 이곳에 앉아 있네, 불쌍한 머리통 감싸안고.
닭 모이주머니에 담긴 곡식 몇 알.

" '우리 군대가 케르치를 탈환한 이후 소비에트 지역에서 독일군들이 저지른 극악무도한 범죄들이 상세히 밝혀졌다. 살해된 민간인만 7,000명이 넘었다. 독일군 사령부는 시민들을 속이기 위해 4호명령을 내려 사람들을 세냐 광장에 집결시켰다. 시민들이 모이자 그들은 굴비처럼 엮인 채 교외로 끌려갔고, 모두 기관총 세례를 받고 쓰러졌다. ─ 외교담당 인민위원회 간행, 『독일군의 잔혹성에 대한 메모』에서, 바체슬라프 몰로토프, 1942년 4월 27일' 이 사진은 1942년 2월 적군(赤軍)에 의해 케르치가 탈환된 후 돌아온 한 부모가 아들의 시체를 확인하는 장면을 찍은 것이다."

"AFTER THE LIBERATION OF KERCH BY OUR UNITS, THERE CAME TO LIGHT
THE SHOCKING DETAILS OF ONE OF THE MOST FIENDISH CRIMES THAT THE
GERMAN ARMY PERPETRATED ON SOVIET TERRITORY—THE SHOOTING OF OVER
7,000 CIVILIANS. THE GERMAN COMMANDANT'S OFFICE ASSEMBLED THE
POPULATION BY RUSE, HAVING POSTED ORDER NO. 4 DIRECTING THAT CITIZENS
WERE TO APPEAR IN SENNAYA SQUARE. AFTER THEY ASSEMBLED THEY WERE
SEIZED, DRIVEN OUTSIDE THE CITY AND MOWED DOWN BY MACHINE GUN FIRE."
—FROM THE NOTE ON GERMAN ATROCITIES ISSUED BY PEOPLE'S COMMISSAR
OF FOREIGN AFFAIRS VYACHESLAV MOLOTOV ON APRIL 27, 1942. THIS PIC-
TURE WAS TAKEN AS TWO PARENTS, RETURNING TO KERCH AFTER ITS RECAP-
TURE BY THE RED ARMY IN FEBRUARY 1942, IDENTIFIED THE BODY OF THEIR
SON.

여인이여 붉은 분노로 바뀌지 않는
그 어떤 동정도 난 허위라고 부르겠소
그 분노는 또한 쉼 없어야 할 것이오
인간의 몸뚱이에서 이 오래된 가시가 뽑힐 때까지.

'귀향

Return to Homesites

당신들의 고향을 내가 파괴시킨 느낌이 드는군요
이유는 그들이 내 형제였기 때문이죠. 유감스런 일입니다
당신들이 내 형제를 무찔러 내쫓았다는 소식을 들은 날보다
더 화–안 했던 날은 없었답니다.

"러시아에 남겨진 이들 독일군의 얼굴은 얼어붙어, 의지와 자부심을 상실한 채 얼빠진 사람들의 얼굴처럼 보인다. 1940년과 1941년 한때 이들은 세계를 경악시켰던 정예군이었다. 그러나 러시아로 깊숙이 발을 들여놓을수록 이들은 광활한 공간 속에서 추위에 떨며 죽어갔다. 만약 강인한 러시아인들이 서쪽으로 전진한다면 – 적어도 이들은 덜 떨어도 될 것이다.

ce of the German Army in Russia now appears frozen, dazed, exhausted of will or pride.
were once crack troops, the terror of the world of 1940 and 1941 but the farther they got

into Russia, the less they liked the cold and the ample room to die in. However, a
Russians advance westward, the warmer it feels and the more delightful the pros

보시오, 우리의 아들들을, 온몸이 마비되고 피범벅되어
얼어붙은 탱크로부터 이곳에 내던져졌소
사나운 늑대조차도 숨을 구멍이 필요한 법이오

어느 러시아 도시에서 이루어진 재회. "이 사진은 독일군이 휩쓸고 지나간 러시아의 어느 마을에서 보내온 것이다. 독일군의 군화는 아담하고 깨끗한 집들을 더럽혔으며, 독일군의 도끼는 자작나무를 찍어 장작을 만들었다. 독일인의 위는 가까운 농촌에서 생산되어 상점에 저장되어 있던 양식들을 먹어치웠다. 그것도 모자라 독일인들은 자신들에게 저항했다고 사내와 여인들의 목을 매달았으며, 남은 사람들을 강제노동수용소로 보냈다. 그들은 우연히 뱉은 말 한마디를 핑계 삼아 마을사람들을 '배신자'로 몰아 쏘아 죽였다. 걸을 수 있는 마을사람들은 대부분 빨치산이 되었다. 남을 수밖에 없는 사람들도 많았다. 이들 중 거의 절반이 굶주림과 병으로 죽었다. 그래도 마을은 살아남았다.

적군(亦軍)이 다시 돌아오고 독일군이 퇴각하자 노인들은 고향의 폐허더미에서 기어나왔다. 그들은 얼이 빠져 있었으며, 해방이 정말 그곳에 와 있다는 것을 믿지 못했다. 그러나 삐쩍 마른 꼬마 아이들은 달려 나와 병사들을 반갑게 맞았다. 아이들은 언젠가 그런 날이 오리라는 것을 믿고 있었던 것이다."

REUNION IN
A RUSSIAN TOWN

This picture comes from a Russian village which the Germans overran. German boots muddied the neat little houses, German axes cut down the birch trees for firewood, German stomachs consumed the storekeeper's stock, the produce of nearby farms. And the Germans hanged men and women for resisting them, sent others to forced-labor camps, shot "traitors" for a chance word. The villagers who could went off to join the guerrillas; but many stayed. Of these, nearly half died of hunger and disease. Yet the town lived.

When the Red Army came again and the Germans fled, the old people crept from the ruins of their homes. They were dazed, afraid to believe that deliverance was really here. But the thin little children ran ahead, welcoming the soldiers. *They* had known that it would be like this—some day.

END 57

보다 나은 삶에 목숨 건 치열한 전투 중에도
팔에는 아이를 안고 무기는 옆에 내려놓았네 그려
바라건대 피비린내나는 이 싸움이 끝난 후에도
우리 민중의 아이들에게 둘러싸여 있었으면 좋겠네 그려.

"그리스 소년. 굶주림에 부황 들어 있는 모습이 아테네 아이들 1/3이 굶어 죽었던 끔찍한 기억을 되살린다. 신생아 열 명 중 아홉이 죽었다. 상황이 이렇게 참혹해지자 미합중국은 봉쇄선을 풀고 그리스에 대한 원조를 허용하였다

러시아 아이들. 이들도 나치 치하에서 극심한 고통을 당했다. 이 아이들은 그들의 고향이 약탈당한 것에 대한 증인이며, 이들 중 많은 아이들은 황폐한 러시아 평원을 들불처럼 휩쓴 전투에서 부상당하기도 했다.

한 시실리 아이는 보았다. 자신의 부모가 독일인에 의해 어떻게 살해되었는지를. 그리고 넋나간 다른 이탈리아 아이들처럼 알게 될 것이다, 전쟁이 그들에게 태양의 빛을 앗아갔다는 것을. 이 아이들은 배우게 될 것이다, 두더지처럼 아이들을 유황광산에서 강제노동시켰던 그런 부당함을 연합국 관리위원회가 종식시키게 될 것이라는 점을.

프랑스 아이들. 점심시간에 꼬마들이 무심히 아무 말도 하지 않고 학교 운동장에 서 있거나 빵을 찾아 거리를 헤매고 있다. 이들은 학교 숙제를 생각하기에도 또 놀기에도 너무 피곤하고 배고프다. 폐결핵도 계속 증가하고 있다."

Greek boy swollen with hunger is a grim reminder that one third of Athens' children died of starvation, nine out of ten newborn were dying. Conditions were so horrible that the United Nations allow Greek relief to pass through the blockade.

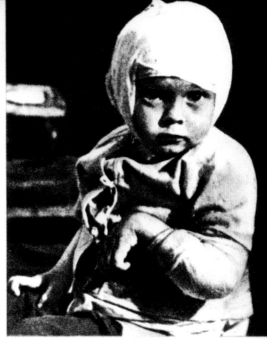

Russian children are among those who have suffered most at the hands of the Nazis. Besides witnessing the rape of their home towns, many have been wounded in battles which rage like prairie fires across the devastated Russian plains.

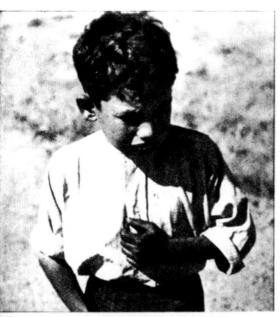

A Sicilian lad who saw his parents killed by Germans finds, like other bewildered young Italians, that war has blotted out his sun. He will learn that Allied control ends such injustices as children toiling like moles in the sulphur mines.

French children—listless little ones standing silently in school yard, at recess time, roving the streets in search of bread—are too tired and hungry to play normally or remember their lessons. Tuberculosis is steadily on the increase.

탱크와 폭격기 속의 위대한 전사들이여!
당신들은 수백 번 전투에서 승리자로 개선하며
알제리의 더위에 땀 흘리고, 라플란트의 추위에 떨었겠지요
우린 당신들이 패배시킨 자들. 당신들의 승리를 축하합니다!

한때 우리가 세계 파괴자들에게
'만세'를 외쳐대던 이 도시들
우리가 파괴한 그 많은 도시들 중
단지 일부분인 우리의 도시들.

"달라진 세상으로의 귀환. – 프랑스 군인들이 5년간의 포로 생활에서 풀려나 독일의 거리를 행진하고 있다. 이것은 집으로 돌아가는 첫 발걸음이다."

Returning to a changed world—French soldiers, released after five years of captivity, march down a road in Germany on the first leg of their journey home.
AGAZINE. APRIL 15. 1945.

인간답지 못한 상태에서 벗어나 고향을 찾는 자들아
고향에 돌아가면 몸서리치며 이야기하겠지
스스로 노예가 되었던 민족과 같이 했던 삶이 어떠했는지를
그렇다고 벌써부터 자네들이 해방되었다고 여기진 않겠지.

다우닝 가의 나리들이 자네들을 비난하는 소리가 들리네
나치스를 참아냈기에, 당신들에게도 책임이 있다고
그러나 신경쓰지 말게, 나리들은 잘 모른다네
설명할 수 없는 민중의 인내심을.

난 눈먼 찬양꾼이 아냐, 너희들을 알기에
그렇게 생각했던 거야, 지금도 그 생각은 마찬가지야
눈먼 세계 정복자들이 되기엔
코 꿰인 노예들이 되기엔 너희들이 너무 선량하다는 그 생각은.

HITLER: April 20, 1889

저기 저것이 하마터면 세계를 온통 지배할 뻔 했었지
다행히도 민중들이 저것을 제압했어, 하지만
축배는 아직 안 들면 좋겠어
저것이 기어나온 그 자궁이 아직도 생산 능력이 있거든,

주해

─

역자 해제 : 사진 해독술을 배우는 학습마당, 『전쟁교본』

─

제2차 세계대전 연표

─

역자 후기

서문

(역주) 루트 베를라우(Ruth Berlau, 1906-1974)는 브레히트를 그의 덴마크 망명시절에 알게 되었다. 덴마크의 부유한 집안의 딸로서 코펜하겐에서 연극배우와 신문기자로 활동하던 그녀는 브레히트를 알게 된 후 그를 따라 '자신의 계급을 등지고' 평생 동안 그의 애인으로서, 또한 '생산적인' 동료로서 그의 주변에 머물렀다. 그녀는 브레히트의 희곡들을 무대에 올렸으며, 망명시절에 쓰여진 시들을 모아 『스벤보르 시집』을 발간하기도 했다. 브레히트와 그의 가족이 미국 망명길에 오르자 베를라우도 고향과 남편을 버리고 이들을 동반했으며, 다시 이들과 함께 동베를린으로 돌아와 브레히트가 죽은 후에도 그곳을 떠나지 않았다.

1번 시

(역주) 히틀러(1889-1945)는 쿠데타나 어떠한 불법적인 수단에 의하지 않고 합법적인 선거에 의해 정권을 장악했다. 비록 그가 선전·선동의 대가였다고 하더라도, 대다수의 국민들은 선거에서 히틀러를 지지함으로써 '그와 함께' 제3제국시대를 열었던 것이다. 이러한 의미에서 브레히트는 의도적으로 이 시집을 선전·선동술의 대가인 히틀러의 연설 사진으로 시작하고 있으며, "제군들도 같이 가겠는가"라고 독일 국민에게 묻고 있는 것이다. 브레히트는 이렇게 지도자와 국민의 합의하여 같이 간 그 길이 어떠한 길이었는지를 이 시집에서 보여주려는 것이다.

이 시에서 히틀러는 몽유병 환자처럼 묘사되고 있다. 이에 대해 브레히트는 그의 연극이론서의 하나인 『놋쇠 구입』에서 다음과 같이 말하고 있다.

> "그(히틀러)를 추종하는 사람들은 그에 대해 말하곤 해, 마치 그가 몽유병 환자처럼 자신의 길을 가고 있다고, 아니면 그가 그 길을 이미 한번 가 본 사람처럼 자신의 길을 가고 있다고. 이처럼 그[가 하는 일는 하나의 자연 현상으로 여겨지는 것이야. 그렇기 때문에 그에 대한 저항은 자연스러운 현상에 거슬리는 짓으로 간단히 간주되고 또 오래 지속될 수도 없게 되지." (新全集, 22권 567-568쪽)

3번 시

(역주) 1936년 2월 19일, 스페인 제2공화국에 좌파의 인민전선 정부가 수립되자 같은 해 7월 17일 군부, 지주가 주도하는 파시즘 세력이 프랑코 장군(1892-1975)을 앞세워 반란을 일으킨다. 교회 역시 이 파시스트 반군을 '신십자

---

* 원래 이 사진시집에는 저자 브레히트가 작성한 보충설명이 첨부되어 있다. 이 역서에서는 이 보충설명을 '원주'로, 역자가 첨가한 설명을 '역주'로 표기하였다. '역주' 작성에는 신전집(Bertolt Brecht Werke. Grosse Kommentierte Berliner und Frankfurter Ausgabe in 31 Bden. Bd 12. Hrsg v. Werner Hecht u.a. Frankfurt a.M. 1988.)의 주해 부분과 Brockhaus Enzyklopädie 등의 백과사전을 주로 참조하였다.

군'이라고 칭송하면서 프랑코를 지지했다. 외국세력들 중에는 독일·이탈리아·포르투갈이 우파 프랑코군을, 소련과 코민테른은 좌파 정부군을 지원했다. 영국과 프랑스는 스페인 내전이 독일과의 전쟁으로 확대될 것을 우려해 중립을 표방했다. 2년 반에 걸친 내전은 1939년 2월, 프랑코가 이끄는 우익 반군의 승리로 끝났다.

4번 시

(역주) 스페인 제2의 도시 바르셀로나를 중심으로 하는 카탈루냐 지방은 스페인 내전에서 인민전선파의 거점으로서 최후까지 프랑코군에 저항했다. 프랑코가 이끄는 파시스트 정당인 '팔랑헤당' 소속 후안 블랑코 데 야구에는 1939년 1−2월에 걸친 카탈루냐 점령작전에서 핵심적인 역할을 수행했다. 파시스트들은 2월 9일, 카탈루냐를 완전히 항복시켰다.

5번 시

(원주) 제2차 세계대전은 1939년 9월 1일 독일의 폴란드 침공으로 시작되었다. 폴란드는 국가를 통치하던 장교단이 국민들로부터 증오의 대상이 되어 있었고, 무장 또한 형편없었던 탓에 외국의 침공을 막을 준비가 되어 있지 않았다. 그 결과 쉽게 독일의 전리품이 되어 18일 만에 점령되었다. 히틀러는 이러한 침공을 '전격전쟁'이라고 불렀으며, 그 후에도 이러한 '전격적인 승리'를 여러 번 거둔다.

6, 7번 시

(원주) 덴마크와 노르웨이는 1940년 4월 9일 독일군에 의해 점령되었다. 야음을 틈탄 이 침공을 히틀러는 '보호조치'라고 불렀다. 그는 노르웨이와 덴마크를 영국으로부터 보호해야 한다고 주장했다. 그러나 실제로 그에게 중요했던 것은 노르웨이의 철과 덴마크의 버터였다.

6번 시

(역주) 덴마크 점령은 1940년 4월 9일 별다른 저항없이 이루어졌다. 노르웨이는 6월 10일 항복했다. 사진 상단 오른편의 5월 1일은 이 사진이 1940년 5월 1일에 찍혔다는 것을 알려 준다.

7번 시

(역주) 독일은 노르웨이 등 북유럽 침공 시 병력 수송에 동원되었던 많은 어선을 잃었다. 공식적인 독일의 병력 손실은 5,300명이었다.

8, 9, 10, 11, 12번 시

(원주) 독일이 폴란드를 침공한 3일 후(1939년 9월 3일) 폴란드와 상호방위협정을 맺고 있던 영국과 프랑스는 히틀러 정부에 전쟁을 선포하였다. 프랑스군은 독자적으로 파시즘의 길을 가고 있던 집권자들의 미온적인 태도로 인해 여러 번 패배를 감수해야 했다. 노동자들에게 적대적이었던 프랑스 정부는 1940년 6월 22일 침략자들에게 항복하였다. 점령 초기 나치는 '독·불 연합'과 같은 동맹 형태를 결성하기 위해 우호적인 태도를 취하였다. 그러나 나치가 프랑스의 산업을 그들의 전쟁에 동원하자 프랑스의 노동자들과 민중들은 이에 반기를 들었다. 나치는 이 저항운동을 분쇄하기 위해 점점 많은 수의 인질들을 총살하였는데 '오라두르−쉬르−글란'에서는 전 주민이 처형되어 마을이 완전히 폐허로 변하였다.

13번 시

(원주) 리옹 포이히트방거(1884-1958)는 프랑스 남부의 사나리에 망명해 살면서 5편의 장편소설을 썼다. 파시즘에 유화적이었던 프랑스 정부는 전쟁이 시작되자 모든 독일인을 – 히틀러의 반대자와 스페인 내전에 참전했던 자, 그리고 유태인 망명자를 구분할 것 없이 – 격리수용하라는 명령을 내렸다. 포이히트방거는 레미유에 있는 강제수용소에 수용되었다가 아직 독일군에 점령당하지 않았던 니므에 있는 수용소로 다시 옮겨졌다. 그의 친구들은 이곳에서 그를 미국으로 탈출시켜 보호해 주었다. 그는 지금 미국 캘리포니아 퍼시픽 팰리사드에 살면서 글을 쓰고 있다. 그는 산문『프랑스의 악마』(그라이펜 출판사, 루돌슈타트 1954)에서 자신이 체험한 강제수용소의 날들에 대해 보고하고 있다.

14번 시

(원주) 페탱 원수(1883-1945)와 라발 장군(1883-1945)은 프랑스가 패배한 후 히틀러의 은총을 입어 정부를 세웠다. 이 정부의 수도가 비시에 있었기 때문에 사람들은 이 정부를 '비시 정권'이라고 불렀다. 이들은 독일 파시스트들의 지시를 받았으며, 전쟁이 끝난 후에는 처벌을 피할 수 없었다. 페탱은 감옥에서 죽었으며, 라발은 총살되었다.
(역주) 위의 원주를 보면 페탱이 전쟁 직후 감옥에서 죽은 것으로 오해될 가능성이 있다. 페탱과 라발이 같이 사형선고를 받았으나 라발만 총살되고 페탱은 드골의 감형을 받아 복역하다 1956년 감옥에서 죽었다.

15번 시

(역주) 독일 공군의 영국 공습은 두 단계로 이루어졌다. 1940년 8월 13일부터 9월 6일까지는 주로 런던이 공습을 받았다(1단계: '독수리작전'). 그 후 9월 7일부터 12월까지는 리버풀, 버밍햄, 맨체스터 등 주요 산업도시들에 대한 공습이 계속되었다. 이 공습에는 1,280대의 독일 폭격기들이 동원되었다. 독일의 공습이 영국의 민간 건물을 파괴하고, 민간인들을 희생시켰기 때문에 처칠은 독일 도시들에 대한 영국의 공습을 정당화할 수 있었다. 베를린과 루르 지방에 대한 영국의 공습은 1941년 5월 11일 밤부터 시작되었다.

16번 시

(역주) 체임벌린 수상이 이끄는 영국 정부에게 가장 중요했던 것은 기존에 확보해 놓은 제국주의적 이익을 유지하는 것이었다. 그러므로 영국, 프랑스 등은 유럽의 신흥 강국 독일과 대립하기보다는 독일을 기존의 제국주의 체제에 끌어들이려 노력했으며, 이 체제를 통해 소련의 사회주의와 대치하려 했다. 이렇게 볼 때 이 시에서 브레히트가 암시하고 있는 '원래 계획했던 방향'은 소련이었다. 그러나 독일이 그들 사이에 암묵적으로 공인된 행동규칙을 지키지 않고 폴란드를 침략하여 자신만의 이익을 앞세우자 결국 영국과 프랑스는 독일과의 전쟁을 피할 수 없게 되었다.
브레히트는 이 사진시에서 제국주의 정책을 강도질로, 그 국가들을 장물아비로 보고 있다. 그러므로 이런 시각에서 본다면 영국은 장물아비짓을 계속하려 했으나 자신이 세운 사업계획이 잘못되어 오히려 그 과정에서 생긴 사업상 사고의 희생물이 된 것이다.

18번 시

(역주) 바르멘은 독일 북서부 노르트라인 베스트팔렌 주의 도시였으나 지금은 주변의 대도시인 부퍼탈의 행정구역으로 편입되었다. 이 바르멘Barmen은 동사로 쓰일 때는 '한탄하다, 탄식하다'라는 의미를 갖는다. 브레히트는 이러한 이중적인 의미로 이 단어를 사용한 것으로 보인다.

이 시에서 브레히트는 자신이 무엇을 하고 있는지 전혀 의식 못한 채 폭탄이 명중됐다고 좋아하는 폭격수를 보따리장수에 비유하고 있다. 이것은 이들 무지한 민중들이 행하는 전쟁의 배후에 지배자들의 제국주의적, 자본주의적인 이해관계가 얽혀 있다는 점까지 암시하고 있다.

19번 시

(역주) 런던을 공습한 비행사 역시 대부분 민중의 아들이었기 때문에 지배자들에 의해 야기된 민중들 사이의 분열 역시 이 사진시의 테마가 되고 있다.

20번 시

(역주) 사진 속 아이들은 대피소로 쓰이던 지하철역 입구에 좋은 자리를 미리 잡고, 이 자리를 양보해 주는 대가로 돈을 받았다. 이들의 단골은 유모차를 끌고 늦게 대피소로 오는 여인들이었으며, 아이들은 맡아 놓은 대피소 안의 자리를 넘겨주고 공습이 끝날 때까지 유모차를 지키고 있었다고 한다.

21번 시

(역주) 사진은 독일 폭격기의 공습을 받아 연기를 뿜고 있는 영국의 한 도시를 보여주고 있다.

22번 시

(원주) 1940년부터 1945년까지 독일에만 다음과 같은 공습이 이루어졌다.

    투하된 총 폭탄 중량 : 1,300,00톤
    희생된 사망자   : 500,000명
    1톤당 사망자   : 0.38명

23번 시

(역주) 히틀러가 제창한 나치즘^{Nationalsozialismus}은 민족사회주의 또는 국가사회주의라고 번역된다. 히틀러는 집권 초기까지 노동자들을 자기 편으로 끌어들이기 위해 빈곤한 노동자들을 위한 정책을 폈다. 예를 들어 무료급식 제도가 확대되었으며, 일자리를 창출하기 위해 고속도로 아우토반이 건설되었다. 그러나 이 아우토반을 맨 먼저 달린 것은 독일군 탱크와 군용차들이었다. 독일군은 바로 이 고속도로를 통해 유럽 각국을 침략했던 것이다. 이처럼 히틀러가 내세웠던 사회주의적인 정책은 결국 제국주의적 야욕을 위한 눈가림일 뿐이었다.

24번 시

(원주): 직조공의 아들이었으며 자신도 공장노동자였던 구스타프 노스케(1868-1946)는 사민당 출신으로 바이마르 공화국에서 국방장관을 지내면서 독일 혁명을 진압하였다. 그가 거느린 '철갑연대'와 '의용단'은 반혁명적 용병부대로서, 스스로의 권리를 위해 싸웠던 프롤레타리아를 무자비하게 진압하였다. 1919년 1월에 있었던 사민당 정부와 군장교들과의 한 회합에서 노스케는 혁명에 대한 단호한 결단을 요구하였고, 회합은 그에게 혁명 진압을 맡길 것을 결의하였다. 그는 이에 대해 "기꺼이 맡겠습니다. 그가 누구든 피에 굶주린 사냥개 한 마리는 있어야 합니다"라고 대답하였다. 바로 그가 이 피에 굶주린 개였으며, 스스로 선택한 이 이름이 그를 따라다녔다. 히틀러가 정권을 잡자 노스케는 높은 연금을 받고 명예롭게 은퇴했다.

25번 시

(원주) 헤르만 괴링(1893-1946): 장삿속 밝은 나치의 우두머리. 그는 직위를 이용해 축재에 성공하여, 소위 '헤르만 괴링-공단'을 소유하였으며, '우파 영화사'와 다른 중공업 공장들의 지분까지 소유했다. 그는 카린할에 있는 자신의 성에 들어앉아 배를 채우면서 전 유럽에서 도둑질해 온 예술품을 '수집'하였다.

1945년 그는 자신이 벌였던 사업을 통해 목숨을 구할 수 있으리라는 희망을 품고 영리하게 미군에 투항했다. 그러나 그는 미국인 사업 동료들의 힘을 너무 과대평가하는 실수를 저질렀다.

괴링은 1946년 9월 30일 뉘른베르크의 국제전범재판소에서 교수형을 선고받았다. 그러나 그에 대한 처형은 이루어지지 못했다. 은밀하게 전달된 독을 먹고 그가 처형 전에 세상을 떠나 버렸기 때문이다.

26번 시

(원주) 요제프 괴벨스(1897-1945): '국민계몽선전부'의 장관을 지내면서 나치의 모든 대규모 축제를 연출하였다. 괴벨스는 책임 추궁을 받을 필요가 없었다. 소련 군대가 베를린에서 시가전을 벌이는 동안 그는 온 가족과 함께 음독 자살을 했기 때문이다.

(역주) 히틀러의 유언장에 후계자로 지명된 괴벨스는 히틀러와 함께 1945년 5월 1일 베를린의 '지도자 벙커'에서 자살하였다. 그는 대학에서 철학, 예술사, 문예학을 연구한 후 철학박사 학위를 취득하였다.

이 시의 4행을 원문대로 옮기면 "사람들은 내 다리가 짧다는 것을 믿지 않지"가 된다. 이 문장은 실제로 괴벨스가 약간 다리를 절었다는 사실과 "거짓말은 짧은 다리를 갖고 있다"라는 독일 속담을 연결시켜 만든 표현이다.

28번 시

(역주) '바그너적인 종말'이라는 표현은 바그너의 오페라에 나오는 영웅들의 비극적인 종말을 의미한다. 그러므로 히틀러, 괴링, 괴벨스에 대해 이러한 표현을 사용할 경우 이들은 비극적인 영웅으로 미화될 소지가 있다. 브레히트가 이 사진을 오려내 4행시를 덧붙인 이유는 이러한 영웅 신화의 이데올로기를 부수려는 데 있다.

"바이로이트 공화국": 바이마르 공화국에 비유해 제3제국이 이 공화국을 계승한 것이라는 점을 암시하고 있음.

29번 시

(역주) 이 시가 쓰여진 1940년은 나치가 정권을 잡은 지 8년째 되는 해이다.

30번 시

(역주) 롬멜(1891-1944)은 1941년 2월부터 독일 아프리카 군단을 지휘하면서 '사막의 영웅'이라는 별명을 얻었다. 그는 전쟁 초기 히틀러를 지지하였으나 점점 그에 대해 회의를 느끼던 중 1944년 6월 20일의 군부반란에 비록 수동적이지만 동조하였다. 이 반란 모의가 발각되자 히틀러는 군부의 동요를 의식해 그를 처형하는 대신 자살을 강요하였고, 롬멜은 이를 받아들여 스스로 목숨을 끊었다.

32번 시

(역주) 시르세네스: 독일군에 의해 점령된 노르웨이의 공군기지

카토비치: 폴란드 남부 슐레지엔 지방의 공업도시

루르 지방: 독일 북서부 노르트라인 베스트팔렌 주의 공업지대. 풍부한 석탄에 바탕을 두고 철강산업이 발달하여 독일 중공업의 중심지가 되었다.

33번 시

(원주) 소련 침공은 초기에는 순조롭게 진척되었다. 1941년 6월 22일 독일군이 소련 국경을 넘은 이후, 이탈리아, 헝가리, 루마니아군이 그 뒤를 따랐다. 루마니아와 마자르의 대지주들과 이탈리아의 귀족들도 광활한 러시아에서 그들의 몫을 챙기려 했다. 그러나 생각처럼 간단치 않았다. 독일군만 170개 사단이 소련 국경을 넘었으며, 나중에는 240개 사단으로 늘어났다. 히틀러가 구상한 '유럽의 신질서'에는 소련까지도 포함되어 있었다. 그리고 그것은 바로 이익 추구를 위한 새로운 질서체계였다. 괴벨스는 이 점을 체육궁전의 연설에서 천명하면서 소련과의 전쟁에서 중요한 것은 주로 밀, 금속, 석유라고 말했다.

8년 동안 '갈색 질곡'에서 고생하던 독일 노동자들은 이제는 그곳에서 나왔으나, 이번에는 자신과 같은 계급이 통치하고 있는 나라와 싸워야 했다. 그들은 스스로 적대자가 되어 싸웠던 것이다.

(역주) 위의 원주에서 '갈색 질곡'이라고 하는 것은 나치 돌격대원들이 갈색 유니폼을 입고 있던 것을 비유한 표현이며, 8년은 독일이 소련을 침공한 해인 1941년이 나치가 정권을 잡은 지(1933년) 8년이 지났다는 것을 말하는 것이다.

34번 시

(역주) 라플란트: 스칸디나비아 반도의 북부를 차지하는 광대한 툰드라 지역.

노르카프 곶: 유럽 최북단 지방으로 북위 71도 부근에 위치하고 있다.

35번 시

(역주) 융커 : 독일 북동부, 엘베 강 유역에 대토지를 소유하고 있던 프로이센의 지배계급. 18세기 이후 독일의 정계, 관계, 군부를 지배하였으며 정치적으로는 보수적인 색채를 띠고 있었다. 전쟁이 종료되고, 독일이 분단된 후 그들의 토지가 동독 정부에 의해 몰수됨으로써 그 존립 기반을 상실하였다.

35, 36번 시

(원주) 이탈리아가 제2차 세계대전에 참전한 이후 이탈리아는 독일의 도움을 받아 아프리카에 식민지를 확장하려는 계획을 세웠으며, 실제로 소말리아와 리비아의 일부분을 차지했다. 독일의 아프리카 군단들 중 1개 군단은 리비아로 진출해 그곳에서 이탈리아 군대와 함께 동쪽, 즉 이집트 쪽으로 돌격하였다. 그러나 이들은 알렉산드리아 근교에서 더 이상 나아가지 못했다. 이곳에서 이들은 고립되어 지쳐갔으며, 결국 영국의 포로가 되거나 사막에서 죽어갈 수밖에 없었다.

39, 40, 42, 43, 44, 45, 46, 47번 시

(원주) 일본 천황 히로히토는 독일의 지도자 히틀러와 이탈리아의 총통 무솔리니와 동맹을 맺고, 1941년 12월 8일 자신의 폭격기들을 태평양의 미국 군항 '진주만'을 향해 날려 보냈다. 중무장을 한 일본은 아시아와 태평양에서 백인의 지배를 종식시키고 대신 이곳의 풍부한 천연자원을 차지할 계획을 세웠던 것이다. 전쟁은 태평양의 넓은 지역에 걸쳐 벌어졌다. 일본군은 전쟁 초기에는 승리를 거두었으나 그 후 차례차례 섬들을 포기해야 했다. 전쟁은 매우 잔혹하게 전개되었다. 인종차별에 사로잡혀 있던 미군은 일본인들을 하찮은 존재로 간주했고, 또 그렇게 다루었다.

41번 시

(역주) 핀업 채소: 벽이나 사물함 등에 붙여 놓는 선정적인 여인들의 사진을 지칭하는 핀-업 걸(Pin-up Girl)에서
따온 말.

42번 시

(역주) 치앙마이 : 태국 북부의 최대도시

43번 시

(역주) 부나: 파푸아뉴기니의 뉴기니 섬 남동부의 항구. 1943년 여름 미군은 일본이 점령하고 있던 남서태평양의
섬들에 대해 대공세를 시작했다. 이 작전의 일환으로 미군은 9월 4일 부나 부근의 남부 해안에 상륙했다.

44번 시

(역주) 도메이 은행 : 브레히트는 공영통신사의 이름인 도메이를 은행 이름으로 착각했던 것으로 보인다.

48번 시

(역주) 유태 오디세우스 : 천신만고의 항해 끝에 부인 '페넬로페'에게 돌아온 호머의 서사시 『오디세이아』의 주인공
처럼 '약속된 땅'을 찾아오는 유태인을 지칭한 표현.
마르마라 해협 : 터키 북서부, 유럽과 아시아 사이에 위치한 해협.
팔레스타인 : 옛 가나안 땅, 팔레스티나. 현 이스라엘을 중심으로 한 지중해의 동해안 일대. 유태인은 시오니즘을
바탕으로 국가 수립을 추진하였으며, 박해받던 전 세계의 유태인을 팔레스타인으로 이주시키려 했다. 그러나 제1
차 세계대전 이후 이 지역을 위임통치하고 있던 영국은 애매한 태도로 이들의 상륙을 방해해 부실한 배를 타고 왔
던 많은 유태인이 해안을 눈앞에 두고 바다에 가라앉는 비극을 겪어야 했다. 유태인들은 1948년 미국의 지원으로
이 지역에 이스라엘을 건국하였다.

49번 시

(원주) 미군이 시실리 섬과 남부 이탈리아에 상륙하자 민중들이 궐기하였다. 무솔리니는 사로잡혀 교수형에 처해
졌다. 이탈리아는 1943년 9월 8일 항복하였으며, 파시스트들은 이탈리아 북부 지방에서 마지막 저항을 시도했다.
그 후 바돌리오 원수는 이탈리아군 일부를 이끌고 독일군에 대항해 전투를 시작하였다. 그때부터 이탈리아에서는
세 개의 이해집단이 서로 싸우게 되었는데 미 상륙군과 바돌리오가 이끄는 이탈리아군 그리고 이들의 공세를 차단
하려던 독일군이 그들이었다.

50번 시

(원주) 전후 가장 큰 장사 중의 하나는 굶주린 유럽 민중에 대한 '원조사업'이었다. 미국의 거대 생필품 트러스트들
이 이 장사를 도맡았다. 이들은 자신들이 더 이상 소비할 수 없는 상품들을 미국의 원조기구에 팔아 넘겼다. 시민
들의 세금에 의해 구입된 상품들은 유럽으로 보내졌고, 이 물건들과 함께 '경제전문가'들과 '정치고문단'들이 같이
건너왔다. 이들은 1파운드의 유지(油脂)로 정치인들을, 그리고 한 통의 고기로 정당 지도자들을 샀다. 몰락하고 허
약해진 부르주아 계급은 설탕 한 자루를 얻기 위해 이들 '원조 제공자들'에게 권력의 자리들을 넘겨주었으며, 이들
국가들은 이제 바다 건너 트러스트들의 이해관계에 따라 조종되었다.

53번 시

(원주) 1944년 6월 6일은 서유럽 국민들이 오랫동안 기다려 왔던 제2전선이 시작된 디-데이였다. 계속 망설이던 영국과 미국이 그들의 군대를 도버 해협 건너편으로 파견했던 것이다. 6월 6일 아침, 군인들은 유럽의 자유를 위해 생명을 바친다는 각오로 상륙정에서 튀어나와 물속을 걸어 나왔다. 그러나 그들이 전쟁에 투입된 진짜 이유가 퇴각 중인 독일을 뒤쫓아 내려오고 있던 소련군 때문이었다는 점을 이들은 모르고 있었다.

유럽전선에서 홀로 독일군의 95퍼센트와 상대하고 있던 소련은 전쟁을 신속히 끝내고 자국의 부담을 줄이기 위해 프랑스에 제2전선을 구축할 것을 영국과 미국에게 강력히 요구했다. 이에 양국은 1942년 6월 이 제안을 받아들이기로 합의하였으나 실행을 미루다 소련군이 독일군을 패퇴시키고, 퇴각하는 독일군을 따라 계속 서유럽으로 진출하자 독일보다 소련을 견제하기 위해 서둘러 노르망디 상륙작전을 감행했다.

이 사진시에 대한 브레히트의 필사본에는 당시 미국 대통령 해리 트루먼이 한 다음과 같은 말을 옮겨 적은 메모가 붙어 있다. "독일이 승리할 것 같으면 우리는 러시아를 도와야 한다. 그러나 러시아가 이긴다면 우리는 독일을 도와야 할 것이다. 그렇게 되면 이들은 서로를 죽이려들 것이다."(뉴욕 타임스, 1944년 6월 24일)

54번 시

(원주) 35개 사단으로 이루어진 독일군은 모스크바를 포위 공격하여 접수하려 했다. 그러나 농민군, 국민방위군과 소비에트군은 합심해 모스크바를 방어했다. 이들은 남녀노소를 막론하고 조국의 평화를 해치는 자들에 대한 증오심으로 굳게 뭉쳤다. 또한 남의 이해관계가 아니라 스스로의 이해관계에 따라 무기를 들었기 때문에 그들이 승리한 것이다. 그 결과 그들은 1941년 12월 6일 모스크바를 벗어나 공세를 시작했고, 여러 지역에서 히틀러 군을 서쪽 400킬로미터 지점까지 몰아냈다.

55번 시

(역주) 브레히트의 희곡 「사천의 선인」에 수록된 〈여덟 번째 코끼리의 노래〉에서 잘 길들여진 여덟 번째 코끼리는 '쌀 한 섬'을 대가로 자신의 동족 코끼리들을 배반한다. 이 사진시에서도 브레히트는 나치에 길들여져 자신의 계급적 신분을 망각하고 러시아 형제를 공격하는 독일 병사를 '길들여진 코끼리'라고 표현하고 있다.

> 일곱 마리 코끼리가 진서방에게 있었다네
> 그리고 다음에 여덟 번째가 왔다네
> 일곱은 거칠고 여덟째는 길든 놈이었지
> 하여 그들을 감독한 것은 여덟째였다네
> (베르톨트 브레히트 희곡선, 「사천의 선인」. 임한순 역. 한마당 1997. 261쪽에서 인용)

58번 시

(역주) 오렐 : 소련과 러시아 연방공화국 오렐 주의 수도. 모스크바 남쪽 330킬로미터 지점의 중앙아시아 고원에 자리 잡고 있다.

59번 시

(원주) 제2차 세계대전에서 가장 많은 손실을 입은 민족은 소련 민족이었다. 한 보고서는(P.M.S 블랙킷트 「원자력의 군사적·정치적 효과에 대해」) 다음과 같이 전하고 있다. "몰로토프는 파리에서 열렸던 평화회의에서 전사한 소련군이 7백만이라고 주장했다. 소련 경제를 연구하는 파리의 한 연구소는 소련 민간인들의 사망자를 약 천만이라

고 추정했으며, 이 중 약 절반은 사살당했고, 나머지 절반은 소개 도중 얼어 죽거나 굶어 죽은 사람이었다고 보고
했다.”

(역주) '케르치 : 구소련 우크라이나 크림 반도의 도시.

61번 시

(원주) 1942년 11월 19일, 소련군은 독일군 전선을 격파하고 스탈린그라드를 포위했다. 히틀러는 마지막 한 발을
다 쏠 때까지 항복하지 말 것을 명령했다. 2개월 반 동안 많은 인명을 헛되게 손실한 후 독일 제6군은 1942년 2월 2
일 항복했다. 총 330,000명 중 살아남은 사람은 1/3이 채 되지 못했다. 이 패배 후 독일 군사력은 다시 회복되지 못
했다. 종말의 시작이 다가왔던 것이다.

(역주) '서쪽으로': 스탈린그라드를 탈환한 소련군은 계속 서쪽으로 전진하면서 1944년 1월 20일 레닌그라드를 해
방시켰으며, 9월에는 서쪽 폴란드와의 국경을 돌파하였다. 소련군은 계속 패퇴하는 독일군을 추격하여 1945년 4월
16일 오데르·나이세 강을 넘어 독일 영토로 진격하여, 4월 24일에는 독일의 수도 베를린에 입성했다.

65번 시

(역주) 사진은 공습에 폐허가 된 한 독일 도시를 보여주고 있다.

67, 68번 시

(역주) 전후 영국의 외교관 판지타르 경은 독일인이라면 한 명의 예외도 없이 전쟁에 책임이 있다고 주장했다. 토
마스 만 역시 이러한 견해를 보였으나, 브레히트는 이에 반대했다.

68번 시

(역주) 사진에 등장하는 아홉 명의 독일군은 고급장교들이 아니라 모두 일반 병사들이다. 브레히트는 자신이 민족
적 편견에서 독일인을 추켜올리는 '눈먼 찬양꾼'으로 오해받을 여지가 있음에도 불구하고 이들 독일 민중들을 피
해자로 보고 있으며, 이들의 '인내심'을 이해하는 자세를 보인다.

69번 시

(역주) '저것이 기어나온 그 자궁이 아직도 생산 능력이 있거든' : 브레히트의 희곡 「아르투로 우이」의 에필로그에
도 나오는 구절로, 전쟁이 끝난 후에도 청산되지 않고 있는 독일 파시즘에 대한 경고이다. 사진 왼편 밑에 적혀 있
는 것은 히틀러의 생년월일이다.

1. 생성사

사진과 4행시가 결합된 사진시집 『전쟁교본』의 생성사는 1920년대부터 시작된다. 브레히트는 1920년대 이미 사진의 자료적 성격을 중시하고 사진을 모으기 시작한다. 실제로 브레히트 자료보관소에는 그가 1920년대 중반 미국을 소재로 한 일련의 희곡을 준비하면서 스크랩한 미국에 대한 사진들이 많이 남아 있다. 브레히트의 사진 수집은 망명기간 동안에도 계속되어 상대적으로 안정된 망명기를 보낼 수 있었던 덴마크와 미국(주로 사진잡지 『라이프』)에서 많은 사진들을 수집한다.

사진과 문자 텍스트를 결합시키는 생산 방식 역시 1920년대 초부터 브레히트의 관심사였다. 그는 1921년 창간되어 사진과 글로 독일 좌파 정당의 정책을 지원하던 『노동자-화보신문』에 많은 글을 기고한다. 이 잡지에는 특히 존 허트필트의 사진이 많이 실렸는데 그가 현실을 보다 구체적으로 보여주기 위해 사진의 인위적인 조작·합성을 시도했다는 점과 사진이라는 전달매체의 속성을 누구보다 먼저 간파했던 벤야민과 브레히트가 친밀한 사이였다는 점을 미루어 볼 때, 브레히트가 당시 '가장 사실적인 전달매체'로서 각광받던 사진에 대해 이미 상당한 수준의 비판적 관심을 갖고 있었으리라는 점을 짐작할 수 있다.

이처럼 브레히트가 사진에 대해 일찍이 관심을 가졌지만, 정작 사진시가 쓰여진 것은 20년 가까운 세월이 지난 1940년이었다. 이해 8월, 망명지 미국에서 사진과 4행시가 결합된 두 편의 '사진시'[1]가 처음 선을 보인다. 그 후 이러한 작업은 계속되어 사진과 관련된 것으로 추정되는 많은 4행시들이 쓰여지며, 1944년 뉴욕의 『오스트로-어메리칸 트리뷴』지에 3편의 사진시가 처음 발표된다. 그리고 같은 해 말 브레히트와 루트 베를라우[2]는 약 70편의 사진시들을 한 권의 시집으로 묶는 작업을 시작하여 가철된 1권이 완성된다.

동독으로 돌아온 후 1949년 브레히트는 베를라우에게 시집의 출판을 맡긴다. 같은 해 말 브레히트는 출판 허가를 얻기 위해 원고를 '출판문화자문위원회'에게 제출하나, '자문위원회'는 이 시집이 평화주의적인 경향이 강하다는 이유로 출판 불가 판결을 내린다. 또한 이 밖에도 시집에 대한 비판이 생기자, 브레히트는 오해를 불식시키기 위해 시집 뒤에 주석[3]을 붙이고, 4행시들에 대한 수정을 거치는 등의 우여곡절을 겪는다. 마침내 브레히트가 죽기 1년 전인 1955년 가을, 동베를린의 오일렌슈피겔 출판사에서 초판 10,000부가 출간된다.

---

1) 브레히트는 이 사진시를 '포토에피그람Fotoepigramm' 이라고 불렀다.
2) 브레히트의 연인이자 동료(이 책의 서문 주해 참조).
3) 이 책 주해에 '원주'로 번역되어 있다.

2. 사진매체의 '기능 전환'

이 시집을 매체미학적 관점에서 연구한다는 것은 두 가지 의미를 내포한다. 생산미학적인 관점에서 사실적이고 구체적인 현실의 재생산이라는 측면과 수용미학(영향미학적) 관점에서 수용자들에게 사진해독술을 배우는 학습마당을 제공한다는 측면이 그것이다. 여기서 '구체적'이라는 의미는 곧 현실의 모순을 보여주면서 현실이 모순의 해결을 통해 발전할 수 있다는 점을 뜻하며, 문학의 역할은 현실의 모순을 드러내 보여주는 데에 있다. 그리고 수용적인 측면에서는 이러한 인식이 독자의 주체적이고 능동적인 학습과정을 거쳐 이루어지도록 배려하는 것이다.

2-1. "사진도 거짓말을 한다" : 진실 전달의 매체로 전환

브레히트는 20세기의 어느 작가보다도 당대의 첨단 아날로그 매체를 작품 생산에 활용한 작가이다.[4] 사진매체를 사용한 『전쟁교본』 역시 이와 같은 실험적 시도 중의 하나이다. 이 시집을 매체적 시각에서 본격적으로 다루는 연구는 1988년 뵈를레에 의해 시작된다. 그는 사진을 단지 부가적인 것으로 간주하지 말고 문자 텍스트(4행시)와 사진을 분리 불가능한 통일된 단위로 보아야 한다고 주장한다. 이러한 입장에서 뵈를레는 1930년 브레히트가 일련의 『시도』지를 처음 발표하면서 서문으로 붙인 다음과 같은 선언적인 글에 주목한다.

> 『시도』의 출판은 나의 몇몇 작업들이 더 이상 개인적인 체험(창작 성격)일 수가 없고 특정한 기구나 기관의 사용(개조)을 지향하게 된(실험 성격) 시점에서, 그리고 내가 개별적이고 다양한 갈래로 진행시켰던 여러 기도들을 지속적으로 그 연관관계 속에서 설명하려는 목적 아래 이루어졌다.[5]

이 서문은 20세기 '과학시대'를 살아가는 한 사실주의 작가의 선언이다. 그는 세계를 개인적인 체험을 통해 파악하고 표현해 내는 문학 ('창작 성격')은 이제 더 이상 가능하지 않다고 본다. 대신 그는 문학도 분석과 서술을 위해 새로운 도구, 매체 등을 사용/개조하는 실험적인 시도를 통해서만 ('실험 성격') 현실의 총체적인 모습을 사실적으로 보여줄 수 있다는 결론에 도달한다. 그 결과 시도되는 다양한 실험 중의 하나가 라디오·음반 등의 첨단 아날로그 매체를 작품 생산에 사용하는 매체실험이다. 그러므로 사진시집 『전쟁교본』도 뵈를레는 이러한 맥락에서 보아야 한다고 주장한다.[6]

하지만 단순히 새로운 전달매체를 사용한다고 해서 현실의 사실적 재생산이 가능한 것은 아니다. 그 좋은 예가 『서푼짜리 재판』[7]에서 비판되는 사진(기법)의 사용이다.

> 작가들이 처한 상황은 매우 복잡해졌다. 그 이유는 현실의 단순한 반영을 통해 현실에 대해 말할 수 있는 폭이 그 어느 때보다도 작기 때문이다. 불구자 수용소나 AEG 공장에 대한 사진은 이러한 기관에 대해서는 사실 거의 아무것도 말해 주지 못하고 있다. […] 그러므로 중요한 것은 실재로 무엇인가를 인위적으로 만들어내는 것이다. **그러므로 기**

---

4) 브레히트가 작품생산에 활용한 매체와 대표적 작품은 다음과 같다.
  - 라디오: 라디오 학습극 『린드버그들의 비행』
  - 음반: 음반시집 『도시인을 위한 독본』
  - 사진: 사진시집 『전쟁교본』
  - 영화: 〈쿨레 밤페〉 〈사형집행인도 죽는다〉
5) Bertolt Brecht, *Versuche* 1-12 in 4 Bänden, Bd.1. H.1. Frankfurt a. M. 1959, Reprint 1977, Versuche, 6쪽.
6) Dieter Wöhrle, *Bertolt Brechts Medienästhetische Versuche*, Köln, 1988, 160쪽.
7) 브레히트는 『서푼짜리 드라마』의 영화작업에서 대본문제로 영화사와 갈등을 빚자 소송을 제기한다. 『서푼짜리 소송』은 이 소송과정을 계기로 당대의 문화계, 문화산업 등에 대한 브레히트의 비판적 인식을 기록한 이론적인 글이다.

술/예술이 정말 필요하게 되었다. (신전집 21권, 469쪽, 강조는 역자)

이 글에서 지적되는 것처럼 브레히트는 사진기법을 문학에 도입한 르포 문학을 사실주의 문학으로 간주하지 않는다. 그러므로 작가에게 필요한 것은 '단순한 반영'이 아니라 작가에 의해 '인위적으로 재창조된 현실'이다. 이 점은 사진 또한 마찬가지이다.

르포 사진이 눈부시게 발전했음에도 불구하고 사진술은 세상을 지배하는 상황에 대한 진실을 밝히는 데에 전혀 도움을 주지 못했다. 사진은 부르주아의 수중에서 진실에 역행하는 공포스러운 무기가 되었다. 매일 인쇄기가 뱉어내는 엄청난 양의 사진자료들은 진실의 성격을 띠고 있는 것처럼 보이지만 실제로는 사실의 은폐에만 기여해 왔다. **사진기 역시 인쇄식자기[타이프라이터]처럼 거짓말을 할 수 있다.**(신전집 21권, 515쪽, 강조는 역자)

1931년 브레히트가 『노동자-화보신문』 창립 10주년을 기념하기 위해 쓴 이 글에서 브레히트는 신문·사진잡지들이 쏟아 내는 무수한 사진들이 오히려 진실의 은폐를 위한 도구로 '사용'되고 있는 현실을 본다. 그러므로 그는 '사진은 거짓말을 하지 않는다'라는 명제를 비판하면서 동시에 사진을 진실을 말하는 도구로 되돌려 놓기 위해 이 매체를 예술적 재생산의 수단으로 개조해서 사용한다. 그리고 이러한 목적으로 그가 채택한 '기술/예술'은 사진과 글을 접목시키는 것이었다. 바로 이것은 1934년 벤야민이 그의 『생산자로서의 작가』에서 한 다음과 같은 요구를 브레히트가 실천한 것으로 볼 수 있다.

우리들이 사진작가에게 요구해야 하는 것은 사진에 글을 붙이는 능력이다. 이를 통해 사진작가는 유행을 따르는 소모품으로 전락한 사진을 구해 내 그 사진에 혁명적 사용가치를 부여하게 된다."[8]

그러나 사진에 글을 붙인다고 해서 사진이 언제나 진실 전달의 수단이 되는 것은 아니다. 이러한 기술은 누구나 사용할 수 있으며, 그 예가 『전쟁교본』이 신문·잡지 등에서 인용하고 있는 사진기자들의 사진설명이다. 여기에서 사진설명은 이 기사를 쓴 사진기자의 세계관이 반영된 그의 주관적 해석이며, 더 나아가 그가 원하는 대로 사진이 해독될 수 있게 유도하는 적극적 기능까지도 행사한다.

이와 같은 사진의 속성 때문에 브레히트는 사진뿐 아니라 사진설명과도 다르게 보이고 읽힐 수 있는 4행시를 첨부한다. 이를 통해 그의 4행시는 사진뿐만 아니라 사진에 첨부된 사진설명까지도 해명의 대상으로 설정한다. 이러한 의미에서 브레히트의 사진시들은 사진과 사진설명을 사진기자의 주관적인 해석으로 상대화시키면서, 사진의 앵글과 사진설명이 보지 못했던(보려 하지 않았던) 또 다른 측면에서의 진실을 독자(관람자)가 볼 수 있도록 도와 준다. 이러한 방식을 통해 그의 사진시는 사진을 보는 사람들에게 사진을 해석(해독)할 수 있는 다양한, 보다 많은 해석의 기회를 제공한다.[9]

2-2. 학습 매체로의 기능 전환

브레히트가 평생 동안 지속했던 매체 실험의 또 다른 특징은 그가 새로운 매체를 생산적인 교육수단으로 '기능 전환'시키려 했다는 점이다. 이 사진시집 역시 이러한 작가의 교육적 의도가 강조된 시도였다. 브레히트는 1920

---

8) Walter Benjamin, *Gesammellte Schriften* in 7 Bänden, Unter Mitwirkung von Theodor W. Adorno und Gershom Scholem. Hrsg. v. Rolf Tiedemann und Hermann Schweppenhäuser. Frankfurt a.M. 1977, Bd. II.2. 693쪽.
9) *Brecht-Handbuch* in 2 Bänden, Hrsg. v. Jan Knopf. Bd. 2: Lyrik, Prosa, Schriften. Stuttgart, 1984, 205쪽; Wöhrle, 앞의 책, 178쪽 참조.

년대 자본주의 사회와 문학에 대한 근본적인 성찰을 통해 "예술은 상품이다 – 생산수단 즉 장치들이 없이는 생산해 낼 수 없는 상품이다!"(신선집 24권, 76쪽)라고 선언하면서, 자본주의 시대에서는 문학적 생산 역시 시장을 겨냥한 상품 생산일 수밖에 없다는 결론에 도달하게 된다.

이러한 진단은 그 당대 브레히트의 문학관을 가장 잘 이해하고 있었고 서로 지적인 영향을 주고받았던 발터 벤야민이 『생산자로서의 작가』에서 밝힌 점과 일치한다. 벤야민에 의하면 20세기 자본주의에서는 작가 역시 생산자이며 작가가 생산품을 만들기 위해서는 생산수단, 즉 문학 장치를 사용해야 한다. 그 결과 작가는 생산수단과 생산수단의 소유자 그리고 생산품의 소비시장에 예속될 수밖에 없다. 이와 같은 인식하에서 브레히트나 벤야민 모두가 중요하게 생각했던 것은 문학적 생산품을 단순한 소비재가 아닌 '생산재'로 전환시키는 것이었다.

이처럼 수용자를 소비자가 아닌 생산자로 만들기 위해 브레히트가 시도했던 것이 '문학 장치(매체)의 기능 전환'이었다. 이를 위해 브레히트는 당대의 첨단매체들이 과연 작품 생산에 적합한 것인가 하는 점에 대한 검토에서부터 출발한다. 그 한 예가 "부르주아의 수중에서 진실에 역행하는 공포스러운 무기"가 되어버린 사진을 비판하는, 앞에서 인용한 『노동자—화보신문』의 창립 10주년을 축하하는 글이다. 이러한 작업을 거치면서 '문학 장치의 기능 전환'이란 개념이 정립되며, 그것은 곧 새로운 문학 장치들을 단지 '제공'하는 것이 아니라 독자들의 생산적인 수용을 위해 그 장치들의 기능을 교육적인 목적으로 '전환'시켜 사용하려는 시도로 발전한다.

이처럼 브레히트는 생산 장치의 기능 전환을 통해 예술이 수용자들의 활성화, 즉 그들의 주체적이고 생산적인 수용에 기여할 수 있기를 원했다. 그러므로 이 생산 장치의 기능 전환이 궁극적으로 추구하는 것은 문학을 하나의 '학습의 장'으로 만드는 데 있다. 브레히트는 라디오 학습극이나 음반시집 『도시인을 위한 독본』에서 시도한 것처럼 이 시집에서도 사진이라는 새로운 전달매체를 이데올로기 주입의 수단으로 사용하지 않는다. 대신 그는 독자들에게 스스로 대상에 대한 인식을 획득할 수 있는 학습의 장만을 제공하는 데에 작가의 역할을 한정한다. 즉 그가 원했던 것은 주입식 교육이 아니라 주체적인 학습이었던 것이다.

사진해독술을 독자 스스로 학습하도록 시집이 마련해 놓은 독특한 장치는 무엇보다도 시집의 수용구조에서 찾을 수 있다. 일반적으로 시집의 독자들은 사진잡지를 보듯이 사진과 사진설명을 먼저 보게 될 것이다. 이때 이 사진과 사진설명은 독자들에게 전쟁에 대한 사진기자들의 관점을 매개하는 기능을 하며 4행시는 이 관점을 다시 의심스럽게 만들고, 때로는 새로운 각도에서 사진설명을 제공함으로써 독자들에게 이 두 관점을 대상으로 논쟁을 벌이게 한다. [10]

이러한 방식으로 진행되는 학습의 목표는 작게는 서문에서 밝혀 있듯이 "사진을 해독하는 기술의 습득"이며 궁극적으로는 그가 '가위질'을 하던 작업실에 붙여 놓고 강조했던 헤겔의 명제 '구체적인 현실 인식'이다. 그리고 이를 위해 브레히트는 사진을 단순히 '제공'하지 않고 '기능 전환'시켜 제공하였으며, 그 방법이 곧 사진과 4행시를 결합시키면서 사진이 스스로 말하게 만드는 것이었다. 여러 연구자들이 강조하는 사진을 말하게 하는 기법은 바로 이러한 브레히트 특유의 영향미학적, 교육적 의도에서 채택된 것이며, 이것은 브레히트가 평생 동안 계속한 일련의 매체 실험에서 공통적으로 발견되는 사항이다.

3. 사진시 분석

3-1. 흑백의 대립
시집에 수록된 사진시들은 모두 흑백사진이다. 사진들은 모두 오른쪽 페이지에 검은 테에 둘러싸인 채 인쇄되어 있으며, 4행시가 그 아래 수록되어 있다. 이와는 대조적으로 왼쪽 페이지는 모두 흰색으로 처리되어 있다. 시집에 수록된 69편의 사진시들은 이 왼쪽 면의 특성에 따라 다음과 같이 세 유형으로 구분된다.

1. 왼쪽 흰색 면을 전혀 인쇄되어 있지 않은 공란으로 남겨둔 16편
2. 대부분 영어로 작성된 사진기자의 사진설명이 독일어로 번역되어 인쇄되어 있는 35편
3. 브레히트가 사진에 대해 첨가한 간략한 언급이 수록된 18편

이러한 다양한 형태의 흑백 대립은 전쟁과 평화를 의미할 수도 있으며[11], 또는 교본의 성격에 맞게 이 흑백 대립을 통해 아직 해독되지 않고 있는 어두운 부분, 즉 흑색(전쟁)의 어두운 면의 진실이 환하게 밝혀짐으로써 흑-백의 균열이 해소되기를 바라는 작가의 마음이 담겨 있다고 볼 수도 있다.[12]

3-2. 사진을 말하게 하기

이 시집의 또 다른 특성은 사진이 말을 한다는 점이다. 정지된 이미지인 사진들이 4행시들을 통해 말을 하는 것이다. 사진의 대화 방식은 다음과 같이 매우 다양하다.

1. 사진(속 등장인물)이 독자를 향해 직접 말을 하는 경우
2. 4행시의 화자가 사진(속 등장인물)과 대화를 나누는 경우
3. 4행시의 화자가 사진(속 등장인물)에게 일방적으로 말을 하는 경우
4. 사진(속 등장인물)이 사진 밖 특정인에게 말을 하는 경우
5. 4행시의 화자가 독자를 향해 직접 말을 하는 경우
6. 사진 속 등장인물들이 서로 대화를 나누는 경우

이처럼 다양한 방식으로 이루어지는 사진의 말하기 방식은 그때 그때 사진의 특성과 시들이 다루는 역사적 시점에 따라 그에 적합한 형식이 채택되고 있으며, 이를 통해 이 시집이 고도의 미학적 계산에 의해 만들어졌다는 점을 알 수 있게 해준다. 47번 사진시는 이러한 점에서 좋은 예가 된다. 미국의 유명한 사진잡지인 『라이프』지에서 브레히트가 '가위질' 해 낸 사진은, 파괴된 보트 앞에 일본군의 처참한 시체들이 널려 있고 이들을 보며 서 있는 총 든 미군의 뒷모습을 담고 있다.

이 사진에는 "한 미군 병사가 죽어가는 일본군 옆에 서 있다. 그는 이 일본인을 쏠 수밖에 없었다. 일본군이 상륙정에 숨어 미군 병사들을 사격했기 때문이다"라는 영어로 쓰여진 사진설명이 사진 밑에 붙어 있고, 이 글에 대한 독일어 번역이 왼쪽 면에 인쇄되어 있다. 그리고 사진을 둘러싼 검은 테두리의 하단에는 다음과 같은 4행시가 인쇄되어 있다.

한 해변이 붉은 피로 물들어져야 했다
일본, 미국, 그들 누구의 것도 아닌 해변이
그들은 말한다, 서로 죽이라고 강요받았다고
그래 나는 믿는다, 믿고 말고. 그러나 딱 하나 물어보자, 누구로부터?

---

10) Christiane Bohnert, *Brechts Lyrik im Konkext: Zyklen u. Exil*, Königstein/Ts. 1982., 249-250쪽; Wöhrle, 앞의 책 162쪽 참조.
11) *Brecht Handbuch* 1984, 앞의 책 208-209쪽 참조.
12) Wöhrle, 앞의 책 177쪽 참조.

이 사진시에서 사진과 사진설명은 일본인에 대한 미군의 살육이 정당방위라는 점을 강조한다. 이것은 물론 미군의 입장에서 이 사진(사진이 찍은 현실을)을 해석한 것이다. 그러나 4행시의 화자는 이 사진을 다른 관점에서 해석한다. 우선 화자는 이들이 총질을 해 댄 그곳이 일본, 미국 어느 국가의 땅도 아니라는 점을 밝힌다. 그곳은 43번의 시에서처럼 남태평양의 어느 해변이다. 그들의 땅도 아닌 곳에서, 그들 누구의 땅도 아닌 이곳을 차지하기 위해 이들은 서로를 죽이려 하고 또 죽인 것이다. 그리고 자신들의 행위를 강요받은 행위라고 말하고 있는 것이다. 이러한 변명에 대해 화자는 단지 하나의 질문만을 던진다? 그들을 이렇게 서로 죽이라고 강요한 것이 누구였냐고? 이 시를 읽는 독자들은 처음에는 미군을 강요한 것이 상륙정에 숨어 미군을 향해 총을 쏘아 댔던 일본군이라고 생각할 수 있겠으나 조금 더 생각을 하게 되면, 일본군이나 미군을 이곳으로 보낸 그들 나라의 지배층이라는 대답을 하게 될 수도 있을 것이다. 그리고 이제 사진을 다시 보면서 이들이 서로를 죽였을 뿐 아니라 결국은 자신의 계급적 동지를, 그러므로 그들 자신을 죽인 것이라는 인식에 도달하게 된다. 이처럼 독자들은 서로 다른 두 가지 '견해' 사이에서 나름의 토론을 거쳐 자신의 의견을 만들어낼 수 있게 된다.[13]

이처럼 이 사진시의 화자는 사진 속의 인물에게 질문을 던지는 간단한 방법으로 독자들에게 사진이나 사진설명과는 모순되는 다른 견해를 제시하게 되고, 독자들은 이 두 견해 사이에서 스스로 자기의 의견을 만들어 나가는 과정, 즉 학습과정을 밟게 된다. 이런 의미에서 이 사진시는 독자들에게 단순히 '제공'되는 것이 아니라 자주적인 교육의 수단으로 '기능 전환'되어 독자들에 의해 사용되는 것이다.

3-3. 연대기적 서술원칙

내용적인 측면에서 이 시집은 12년간의 히틀러 시대와 그가 일으킨 전쟁에 대한 연대기이다. 이 연대기를 쓰는 작가의 시각은 철저하게 민중적·계급적이다. 시집을 열면 독자들은 그 첫 사진시에서 마이크 여러 대를 앞에 놓고 두 팔을 벌리며 열변을 토하는 히틀러의 사진을 만나게 된다. 연설하는 히틀러의 모습에 익숙한 독자들은 으레 아리아 인종의 '피와 땅'을 강조하는 연설 내용을 기대하게 된다. 그러나 그가 말하는 내용을 옮겨 놓은 4행시는 이러한 기대와 어긋난다.

> 잠결에 이미 그 길을 달려 보았던 사람처럼
> 난 그 길을 알고 있네, 파멸로 통한 그 좁은 길을
> 그 길은 우리의 숙명
> 자면서도 나는 그 길을 찾을 수 있다네. 제군들도 같이 가겠는가?

시집의 첫 번째 사진시가 히틀러의 연설 사진을 담고 또 그로 하여금 직접 '말하게' 한 것은 브레히트가 이 비극적인 전쟁이 시작된 시점을 독일이 폴란드를 침공한 1939년이 아니라, 히틀러가 '말'의 힘을 빌어 집권한 1933년으로 잡고 있기 때문이다. 20세기 전반 독일의 역사 전개과정에서 중요한 것은 히틀러가 쿠데타와 같은 불법적인 수단에 의존하지 않고 합법적인 선거에 의해 정권을 장악했다는 점이다. 비록 그가 테러와 대중연설을 통한 선전·선동에 의존했다 하더라도, 대다수의 독일 국민들은 히틀러와 그의 추종자 (특히 괴벨스들)의 '말'에 현혹되어 그를 지지했고, 그와 '함께' 제3제국 시대를 열었던 것이다. 이러한 의미에서 브레히트는 의도적으로 이 시집을 선전·선동술의 대가인 히틀러의 연설 사진으로 시작한다.

---

13) Anya Federsen, "*Sie waren, heißt's, gezwungen, sich zu töten*", In: *Interpretationen, Gedichte von Bertolt Brecht*, Hrsg. v. Jan Knopf. Stuttgart 1995, 157쪽 참조.

앞 장에서 이 시집의 특징으로 제시한 것처럼 이 첫 사진시에서부터 사진은 말을 하기 시작한다. 사진 속의 히틀러가 그의 연설을 듣는 청중(독일 국민)들에게 외치고 있는 것이다. 자신이 그 길을 한번 가 본 것처럼, 또 잠을 자면서도 찾을 수 있을 정도로 너무 잘 알고 있다고. 그러나 그가 자신의 입을 통해 밝힌 가고자 하는 길은 '파멸로 통한' 길이다. 그러면서도 그는 독일인들에게 그 길을 같이 갈 것을 요구한다. 이 첫 시에서 독자들은 우선 히틀러가 실제로 그렇게 말하지는 않았으리라는 점을 쉽게 알아챌 것이다. 즉 그가 재현해 낸 말은 히틀러에게는 '합당하지 않은' 말이다. 하지만 '사실'에는 합당한 말이다. 이처럼 이 시집에는 일견 사진과 어울리지 않는 말이 많이 등장한다. 하지만 그 어울리지 않는 말들이 오히려 말들 사이의 모순을, 그리고 말과 사실 사이의 모순을 드러냄으로써 오히려 사실을 구체적으로 드러내고 있으며, 이러한 언어비판적인 학습 역시 이 시집을 통해 자주 시도된다.

첫 시에서 히틀러에게 일방적으로 말을 하게 한 후, 두 번째 시에서 화자는 히틀러의 이 연설을 듣고 환호했던 그 사람들에게 물어본다. 사진에는 빼곡하게 쌓여 있는 대형 철판 위에서 4명의 노동자가 기중기로 철판을 끌어 올리는 작업을 하고 있다. 이 사진에 첨부된 4행시는 노동자와 이들에게 질문을 던지는 제삼자와의 대화를 직접 인용하는 형식을 취하고 있다.

"이보게 형제들, 지금 무얼 만들고 있나?" – "장갑차라네"
"그럼 겹겹이 쌓여 있는 이 철판으론?"
"철갑을 뚫는 탄환을 만들지"
"그럼 이 모든 것을 왜 만들지?" – "먹고살려고"

이 시에서는 히틀러의 선동에 현혹되어 그와 '함께' 전쟁 준비를 하는 독일 노동자들의 모순된 행위가 잘 드러나 있다. 그들은 '장갑차'를 만들면서 한편으론 그 '장갑(철갑)을 뚫는 탄환'을 만들고 있는 것이다. 이러한 모순된 행위들은 시집 후반부로 넘어가면서 민중들이 비록 나라는 다르지만 같은 민중들에게 총부리를 돌리는 독일 민중의 모순된 행위로 연장된다.

이 두 편의 시 뒤로 이어지는 시들은 12년간에 걸친 히틀러 시대를 연대순으로 추적하고 있다. 첫 번째 시가 다루는 히틀러의 집권에서 시작하여 군비확충 등을 통한 전쟁 준비(2번 시), 스페인 내전(3. 4번 시)의 발발과 확산 (폴란드 침공: 5. 노르웨이 침공: 6. 7. 네덜란드·벨기에·프랑스 침공: 8-14, 영국 공습: 15-21번 시), 전세의 역전(독일 공습: 22, 전쟁의 책임자들 23-32번 시), 러시아 침공(33-34번 시), 아프리카 전투(35-37번 시), 처칠(38번 시), 태평양전쟁(39-47번 시), 이스라엘(48번 시), 유럽에 진주하는 미군(49-53번 시), 소련 전선에서 패한 독일(54-58번 시) 등을 거쳐 59번 시에서부터는 전쟁의 종결을 다룬다.

이처럼 제2차 세계대전의 전 과정을 추적하던 시집은 마지막 69번의 사진시에서 다시 연설하는 히틀러를 보여 준다. 그리고 시 속의 화자로 하여금 다음과 같이 말하게 한다.

저기 저것이 하마터면 세계를 온통 지배할 뻔 했었지
다행히도 민중들이 저것을 제압했어, 하지만
축배는 아직 안 들면 좋겠어
저것이 기어나온 그 자궁이 아직도 생산 능력이 있거든.

이 마지막 4행시는 독일인들에게 히틀러가 죽었어도 아직 독일에서 나치즘이 완전히 청산되지 않았다고 경고한다. 그리고 그 히틀러를 배출한 독일은 언제나 또 다른 히틀러를 '생산할 능력'이 있다는 점을 잊지 말아야 한다고 충고한다.

3-4. 민중적 시각

히틀러에서 시작해 히틀러로 끝나는 이러한 연대기는 비슷한 시기에 쓰여진 희곡 『억척어멈과 그 자식들』과 많은 점에서 유사한 면을 보여준다. 브레히트는 전쟁으로 얼룩진 시대(제2차 세계대전과 30년 전쟁)를 다루는 이 두 작품에서 두 전쟁을 모두 민중적인 시각으로 추적한다. 그러므로 이 사진시집이 다루는 제 2차 세계대전은 소위 전쟁을 '이끌었던' '지도자'들의 전쟁이지 민중들의 이해관계에 의한 전쟁은 아니다. 이러한 시각에서 많은 사진시들은 이 지도자들을 '사이비 지도자'로 부르면서 동시에 '진실'을 모르고 이들에게 이용된 독일 민중들의 우매함을 독자들로 하여금 깨닫게 한다.

33번과 57번의 사진은 이와 같은 우매했던 독일 민중의 잘못, 그들의 때늦은 자각을 다루고 있다. 33번의 사진은 비행기에서 찍은 듯 넓은 평원에 개미 떼처럼 행군하는 군인들과 군데군데 폭탄이 터지는 모습을 담고 있다. 이 사진 밑에는 다음과 같은 브레히트의 4행시가 뒤따른다.

> 여보게 형제들, 여기 머나 먼 코카서스에
> 러시아 농부의 총에 맞아
> 슈바벤 농부의 아들, 내가 묻혀 있네
> 그러나 내가 패배했던 것은 이미 훨씬 전 슈바벤에서였다네.

이 시가 지적하고 있는 것은 독일 민중들의 우매함이다. 이 시에서 너무 늦게 '진실'을 깨달은 농부 출신의 독일 병정은 러시아 전선에서 코카서스의 농부가 쏜 총에 맞아, 즉 자신의 계급적 동지의 총탄에 쓰러진다. 브레히트는 이러한 모순된 (그런 면에서 비극적인) 죽음의 원인을 그러나 러시아 군인에게서 찾는 것이 아니라, 민족주의라는 망상에 빠져 계급적 적대자인 히틀러의 손을 들어주었던 독일 농부의 잘못에서 찾는다.

이와 유사한 시각은 57번 사진시에서도 보여지고 있다. 이 사진은 물이 흥건하게 고인 땅에(아니면 개울가에) 나뒹구는 주인 없는 철모 4개를 담고 있다. 그리고 4행시에서는 이 철모를 썼던 사람들이 하나의 목소리로 다음과 같이 말하고 있다.

> 보아라 패배한 자들이 썼던 이 모자들을! 그러나
> 우리의 쓰라린 패배의 순간은
> 이 모자들이 마지막 벗겨져 땅 위를 굴렀던 때가 아니었어
> 우리가 그 모자들을 고분고분 머리 위에 썼을 때였어.

이 시에서는 사진 속 철모의 주인들이 말을 한다. 언젠가 철모를 머리에 쓰고 '하일 히틀러'를 외치며 전쟁터로 달려 나갔을 철모의 임자는 이 시에서 자신이 너무도 늦게 깨달은 '진실'을 후회하고 있다. 그가 뼈저리게 뉘우치는 것은 자신이 히틀러의 말에 현혹되어 그 철모를 쓰고 전쟁에 나선 것이다. 그리고 이들은 그 순간이 바로 자신들의 패배가 시작된 시점으로 잡는다. 이러한 진술은 헬멧의 임자였던 사람이 죽은 후에야 비로소 민중적인 시각을 획득했다는 것을 의미한다. 그러나 이들의 인식은 너무도 때늦었다. 그렇기 때문에 이 시집에서는 산사람이 아닌 죽은 사람, 파괴된 도시가 말을 하는 경우가 많다. 이러한 민중적인 시각은 그러므로 타국의 민중들도 자신의 계급적 동료로서 보게 한다.

3-5. 전쟁의 본질: 장사

　　브레히트에게 전쟁은 자본주의의 연장이며 그 본질은 장사다. 이러한 시각은 『억척어멈과 그 자식들』에서 "전쟁은 또 다른 형태의 장사일 뿐 / 그저 치즈 대신 탄약을 쓰지요"라고 30년 전쟁을 평가하는 억척어멈의 노래에도 잘 나타나 있다. 브레히트는 『전쟁교본』에서도 제2차 세계대전을 이와 동일한 시각으로 바라보고 있다. 16번 사진시는 공습에 건물들이 처참하게 무너진 런던의 모습을 보여준다. 그리고 이 사진 밑에는 다음과 같은 설명이 붙어 있다. "그 도시의 오늘. 런던의 중심가는 공중전이 진행되면서 폐허의 모습을 띠게 되었다. 이 사진은 세인트 폴 대성당에서 찍은 것이다." 이 사진과 사진설명에 브레히트가 붙인 4행시에서 이번에는 폐허가 된 도시가 스스로 입을 연다.

　　　　이러한 몰골을 하게 되었네. 단지 그놈들 몇몇이
　　　　음흉스레 내 계획엔 없던 방향으로 비행했기에
　　　　하여 난 장물아비가 못 되고, 장물이
　　　　사업상 사고의 희생물이 되고 말았네.

　　이 사진과 사진설명은 아주 '자명한 사실', 즉 전쟁 중 런던이 공습을 받아 엄청난 피해를 입었다는 사실을 보여준다. 그러나 4행시에서 도시는 잘 알려진 것과는 다른, 감추어진 '진실'을 스스로 고백한다.

　　체임벌린 수상이 이끄는 영국 정부에게 가장 중요했던 것은 그들이 기존에 확보해 놓은 제국주의적 이익을 유지하는 것이었다. 이러한 목적을 위해 그들은 유럽의 평화를 원했고, 독일을 달래기 위해 유럽 약소국들의 권익을 침해하는 일도 서슴지 않았다. 그 예로 영국은 독일이 1938년 9월, 체코슬로바키아에게 주테텐 지방의 할양을 요구하자 체코슬로바키아에게 이 지방을 포기할 것을 강요하였으며, 9월 29-30일 영국, 프랑스, 독일 이탈리아 4개국은 뮌헨 협정을 통해 주테텐 지방을 독일에 할양할 것을 결의하였다. 약소국을 희생양으로 삼아 제국주의 강대국들이 이익을 챙긴 이 협정을 체임벌린은 '우리 시대의 평화'라고 자찬하였다.

　　이처럼 영국, 프랑스 등의 자본주의 열강은 독일을 기존의 제국주의적 체제에 끌어들이기 위해 노력하였으며, 이 체제를 통해 소련의 사회주의 세력과 대치하려 했다. 이렇게 볼 때 이 16번 시에서 브레히트가 암시하고 있는 '원래 계획했던 방향'은 소련 쪽이었다. 그러나 히틀러가 그들 사이에 암묵적으로 공인된 행동규칙을 지키지 않고 '새로운 유럽 질서'를 내세우며 자신의 욕심만을 채우려 하자 결국 독일과의 전쟁을 피할 수 없게 되었다. 그러므로 그 후 유럽 역사는 영국이 구상했던 것과는 다른 방향으로 진행되었으며, 그 결과 영국은 독일의 공습을 받게 되면서 큰 피해를 입게 된다. 브레히트는 이 사진시에서 제국주의 정책을 '강도질'로 그리고 그 국가들을 '장물아비'로 보고 있다. 그러므로 이런 시각에서 본다면 영국은 '장물아비'짓을 계속하려 했으나 자신이 세운 '사업계획'이 맞지 않아 오히려 그 과정에서 본의 아니게 생긴 사고의 희생물이 된 것이다.

　　이처럼 이 사진시는 잘 '알려진 것'을 사진과 사진기사를 통해 제공하고 4행시를 통해 그것이 단지 알려져 있을 뿐이지, 제대로 인식된 것은 아니라는 점을 보여준다. 이것은 헤겔이 『정신현상학』에서 제시한 "알려진 것은 잘 알려져 있다는 이유로 오히려 제대로 인식되지 못한다"라는 명제를 독자들로 하여금 스스로 확인하게 한다.

　　사진시집 『전쟁교본』은 20세기 초 과학문명의 산물인 '기술복제시대'를 살아야 했던 브레히트가 당대의 첨단 매체를 문학에 받아들여 진실의 구체적 생산에 합당하게 '기능 전환'시키려 했던 실험적 '시도' 중의 하나였다. 그리고 이를 위해 브레히트는 이 시집에서 사진이라는 전달매체를 선택해, 머리가 땅에 닿아 있던 사진의 잘못된 위치를 바로 잡아 놓았다. 이러한 의미에서 이 사진시집은 사실주의의 개념을 계속 확대시키면서 평생을 현실의 구체적인 재생산을 위해 노력했던 사실주의자 브레히트의 마지막 성과이기도 하다.

　　브레히트는 시집이 출판된 이듬해인 1956년 7월, 오일렌슈피겔 출판사에 편지를 보내 이 시집이 모든 도서관과 학교에 비치되어 학생들의 '사진 학습'에 '사용'될 수 있다면 좋겠다는 희망을 피력한 후 3주일 만에 세상을 떠난다. 그리고 『전쟁교본』의 후속 작품으로 쓰려 했던 『평화교본』은 이 시집 뒷표지에 인쇄된 한 편을 제외하고는 후세의 몫으로 남겨졌다.

1933년 : 히틀러 집권. 독일 제3제국의 시작.

1936년 : 스페인 내전 발발(7월)

1938년 : 독일, 오스트리아 합병(3월). 뮌헨 협정(9월)

1939년 : 체코슬로바키아 해체(3월). 독일·이탈리아 군사동맹(5월). 독·소 불가침조약(8월). 폴란드 침공(9월 1일) 영국과 프랑스·독일에 선전포고. 제2차 세계대전 발발(9월 3일).

1940년 : 독일, 덴마크와 노르웨이 침공(4월). 처칠 영국 수상에 취임(5월). 네덜란드와 프랑스 침공(5월 10일). 이탈리아, 영국과 프랑스에 선전포고(6월). 프랑스 항복(6월 22일). 일본, 인도차이나에 진주(9월). 독일·이탈리아·일본 3국 동맹(9월)

1941년 : 소련과 일본 중립조약(4월). 스탈린 소련 수상에 취임(5월). 독일군 소련에 침입(6월 22일). 일본 주전파(主戰派) 도조 내각 성립(10월). 소련군, 모스크바 전면에서 반격 개시(12월 5일). 일본, 진주만 공격으로 태평양전쟁 발발(12월 8일). 독일, 이탈리아·미국에 선전포고(12월 11일).

1942년 : 일본, 마닐라(1월), 싱가포르(2월), 자바 섬(3월) 점령. 일본, 미드웨이 해전에서 패배(6월). 미군, 남태평양과 과달카날 섬에 상륙(8월). 미국·영국 연합군 북아프리카에 상륙(11월).

1943년 : 스탈린그라드의 독일군 항복(2월). 이탈리아 바돌리오 내각 성립(7월). 이탈리아 항복(9월 3일). 영국·미국·중국 카이로선언(11월).

1944년 : 노르망디 상륙작전. 제2전선 성립(6월 6일). 일본, 사이판에서 전멸(7월). 도조 내각 사퇴(7월). 히틀러 암살 미수(7월). 파리 해방(8월 25일). 미국, 일본 본토 공습(11월).

1945년 : 소련군, 바르샤바 점령(1월). 얄타회담(2월). 영·미군, 라인강 도하(3월). 미군, 오키나와에 상륙(4월). 미·소군, 엘베강에서 합류(4월). 무솔리니 사살(4월 28일). 히틀러 자살(4월 30일). 독일군 항복(5월 8일). 국제연합 성립(4-6월). 포츠담선언(7-8월). 일본 본토에 원자폭탄 투하(8월). 일본 항복(8월 15일).

1948년 : 베를린 봉쇄.

1949년 : 동·서독 각각 분단국가 수립. 서독(독일연방공화국, 5월)·동독(독일민주공화국, 10월). 독일 분단시대로 돌입.

역자 후기

　소련과 동구권에서 현존했던 사회주의가 무너진 후 마르크스주의를 신봉했던 브레히트를 읽는 것은, 더욱이 그의 글을 번역하여 독자들에게 권하는 것은 그 이전과는 다른 자세를 필요로 한다. 그러기에 역자는 시집을 번역하면서 무엇보다도 이 시집에 담긴 브레히트의 '태도'를 옮기기 위해 노력했다. 그것은 '있는 그대로 현실을 보여준다'는 사진이 거짓을 보여줄 수도 있다는 '의심하는 태도'이며 이를 통해 사진과 비판적으로 '논쟁하는 태도'이고 또한 이러한 과정을 거쳐 현실을 보다 넓고 깊게 인식하는 '학습하는 태도'이다. 이와 같은 다양한 태도들은 문학을 현실 인식의 유용한 학습 수단으로 사용하기 위해서 어느 시대, 어느 곳에서나 작가와 독자들에게 제기되는 필수적인 요구사항들이다.

　시집에 실린 거의 모든 시들은 세 부분, 즉 사진과 사진기자의 사진설명 그리고 브레히트가 붙인 4행시들로 이루어져 있다. 거의 모든 사진시들이 이러한 세 가지 부품으로 이루어진 조립품인 것이다. 그러므로 역자는 독자들에게 위에서 언급한 세 가지 '태도'들을 끌어들여 이 조립품들을 나름대로 분해하고 다시 짜맞추는 작업을 권하고 싶다. 역자의 이 바람이 컴퓨터 영상과 리모컨에 너무도 익숙한 이 시대의 독자들에게 턱없는 요구가 아니길 바란다.

　시집에 실린 69편의 시는 1933년에서 1945년까지의 12년이라는 역사적 공간과 이 기간에 유럽과 아시아에서 벌어진 제2차 세계대전을 다루고 있다. 69편의 사진시들은 이처럼 넓은 역사적, 지리적 공간을 다루면서 구체적인 인물, 사건 등을 소재로 하고 있기 때문에 독자들에게 일정한 사전지식을 갖추고 있기를 요구한다. 그러나 이러한 요구는 우리의 독자들에게는 무리한 것이기 때문에 역자는 가능한 이해를 돕기 위해 주해 부분을 자세히 보충하려 노력했다. 그러나 어디까지나 이 주해 부분은 독자의 창조적인 작품 해석, 즉 이들의 재창조 작업을 방해할 수 있는 사족과 같은 것이기 때문에 위에서 요구한 작업을 해 본 후 그래도 이해가 힘들 경우 이 주해 부분을 참고할 수 있을 것이다.

　이 사진시집은 1995년 한마당출판사에서 처음 출간되었다. 그러나 초판 3쇄 이후 절판되어 시집을 찾던 많은 독자들을 아쉽게 했다. 다행히 이번에 해제를 다시 붙이고 사진전문 눈빛출판사에 의해 원서 판형에 준해 높은 화질로 개정·재출간되어, 역자로서 마음이 몹시 설렌다. 최근 어려워진 경제 상황과 인문학 경시 풍조 속에서도 이 사진시집을 출간해 주신 눈빛출판사와 이규상 사장님께 깊은 감사를 드린다.

2010년 12월

이 승 진